CB068143

Coleção Karl May

1. Entre Apaches e Comanches
2. A Vingança de Winnetou
3. Um Plano Diabólico
4. O Castelo Asteca
5. Através do Oeste
6. A Última Batalha
7. A Cabeça do Diabo
8. A Morte do Herói
9. Os Filhos do Assassino
10. A Casa da Morte

A CASA DA MORTE

COLEÇÃO KARL MAY

VOL. 10

Tradução
Carolina Andrade

VILLA RICA EDITORAS REUNIDAS LTDA
Belo Horizonte
Rua São Geraldo, 53 - Floresta - Cep. 30150-070 - Tel.: (31) 212-4600
Fax.: (31) 224-5151
Rio de Janeiro
Rua Benjamin Constant, 118 - Glória - Cep. 20241-150 - Tel.: 252-8327

KARL MAY

A CASA DA MORTE

VILLA RICA
Belo Horizonte - Rio de Janeiro

2000

Direitos de Propriedade Literária adquiridos pela
VILLA RICA EDITORAS REUNIDAS LTDA
Belo Horizonte - Rio de Janeiro

Impresso no Brasil
Printed in Brazil

ÍNDICE

Introdução	9
O Cavaleiro Índio	13
A Esposa Infiel	19
O Desfile dos Sioux	30
O Roubo dos Amuletos	38
A Montanha Winnetou	49
Tatellah-Satah	56
A Catarata do Véu	66
A Casa de Winnetou	74
O Monumento	80
A Caverna	92
Kolma Puchi	100
O Testamento de Winnetou	110
Muitos Desafios	118
Plano de Vingança	135
Três Vítimas	144
A Catástrofe	153
O Perdão	159

Introdução

Vocês devem recordar-se que no meu livro anterior, OS FILHOS DO ASSASSINO, em virtude de várias cartas que recebi na Alemanha, onde eu me encontrava, regressei à América do Norte porque ali haveria uma grande reunião de todos os povos índios, que iria decidir o futuro desta raça.

Enfrentamos muitas peripécias desde que o navio nos deixou em Nova Iorque, para seguir viagem rumo às cataratas do Niagara, onde tínhamos um encontro marcado com os irmãos Enters, Sebulon e Hariman Enters, os quais eram filhos de Santer, o homem que há muitos anos atrás havia matado o pai e a irmã de meu amigo Winnetou.

Quando, várias semanas depois, estávamos acampados em Nugget-Tsil, ali chegou o repulsivo mestiço Okihchin-cha, presidente do comitê, que iria participar também da grande Assembléia. Ele vinha acompanhado do professor de Filosofia, senhor Bell, de Edward Summer, professor de Filologia Clássica e além dele, o agente Evening. Com eles ia um grupo de mulheres sioux, entre as quais estavam Achta, mãe e filha, que reconheceram no nosso grupo, o famoso caçador Max Pappermann, alemão como eu, mas que havia vivido quase sempre no Oeste.

Conosco também estava o jovem apache Pequena Águia, discípulo do sábio Tatellah-Satah, que anos atrás havia formado o clã Winnetou, para a renovação e salvação das essências mais nobres e puras de todos os povos da raça índia. Aquele jovem índio que nos acompanhava representava toda a juventude de sua raça, enfrentando os velhos chefes e caciques sioux, comanches, kiowas e utahs, os quais opunham-se, com uma teimosia suicida, a uma união entre as tribos.

Nós já havíamos estado no Púlpito do Diabo, onde os sioux e os utahs, representados respectivamente por seus belicosos chefes Kiktahan Shonka (Cão Vigilante) e Tusahga Sarich haviam deliberado, para tratar de minha morte, assim como para parlamentar com os comanches e outras tribos inimigas dos apaches, ofendidos diante da idéia de perpetuar Winnetou em um colossal monumento na montanha que levava seu nome.

Mas havíamos estado no Púlpito do Diabo sem que os oitenta índios ali reunidos notassem nossa presença, inteirando-nos de seus planos graças ao sistema de ondas acústicas utilizado pelas raças índias há muitos e muitos anos atrás. Esse sistema permitia escutar as vozes dos que falavam no Púlpito do Diabo, situando-se em pontos estratégicos, apesar de haver uma grande distância entre eles.

Isto nos dava certa vantagem sobre as intenções dos utahs, dos kiowas, dos sioux e dos comanches, a quem devíamos impedir, a todo custo, que exterminassem os apaches, aproveitando-se da assembléia que iria reunir os povos índios.

Nossa batalha também era causada pela diversidade de opiniões do povo apache, o qual não havia chegado a um acordo sobre a construção do monumento ao grande chefe Winnetou, ao qual alguns queriam imortalizar nada menos como a um deus.

Meu bom amigo Winnetou havia sido sempre um exemplo vivo para todos os homens, fossem índios ou não, e ninguém melhor do que eu podia saber disso, porque antes, em tempos distantes, vivi junto a ele várias aventuras, e nem uma só vez ele deixou que a verdade e a justiça saíssem perdedoras nestes embates.

E precisamente por isso, eu sabia que se erigissem aquele monumento, mais que louvando, estariam rebaixando meu amigo. Winnetou não havia sido um sábio ou um artista, e tampouco um empedernido guerreiro, vencedor de mil batalhas. Seu valor residia em seu espírito bondoso e justo, virtudes que nem todo mundo soube reconhecer.

Winnetou era um homem de instintos nobres e elevados. Foi o primeiro a despertar a alma índia de sua letargia de vários séculos, dando-lhe novos valores pelos quais lutar. Com ele nasceu de novo o espírito de sua raça e ele só queria ser isso, nada mais.

Para ele, pois, não eram necessários custosos monumentos que, seguramente, produziriam inveja e guerras entre os povos que ele tanto amou.

A memória do bom Winnetou devia viver eternamente entre os de sua raça, mas livre de qualquer vaidade humana, que o humilhasse. Eu sabia que, se houvesse desejado, ele poderia ter sido um herói, um conquistador e um destacadíssimo guerreiro, mas isso representaria acelerar o final de sua raça. Winnetou sempre ansiou pela paz, mesmo arriscando a vida muitas vezes.

Mesmo sua morte havia sido um exemplo disto.

Foi e devia continuar sendo um modelo para os seus, mais ainda, para todos os homens que o conheciam, amigos ou inimigos.

Foi devido à sua grande personalidade que, depois de sua morte, formou-se um clã que tomou seu nome. Assim honravam a memória do melhor chefe que os apaches tinham tido em todos os tempos. Cada membro do clã comprometia-se, sob juramento, a proteger o próximo, fosse ou não amigo, e desta forma pregar a paz entre os homens vermelhos.

E muitos, como eu, opinavam que este devia ser o único monumento que deveria ser dedicado ao meu amigo. Não havia outro melhor nem mais verdadeiro. Um monumento de ouro ou mármore, de proporções gigantescas, no alto de uma montanha, seria uma grande mentira, uma mostra de orgulho dos homens que se diziam seus discípulos.

E assim estavam as coisas quando descemos do Nugget-Tsil, expulsos pelo mestiço Okih-chin-cha, e cedendo à força dos vinte homens que o acompanhavam, e que, por interesses escusos, intitulavam-se defensores de uma boa causa.

O CAVALEIRO ÍNDIO

Capítulo Primeiro

Se o problema não fosse solucionado, eu sabia o que poderia acontecer em muitos territórios dos Estados Unidos.

Kiowas, comanches, utahs e sioux, invejosos, atacariam outras tribos, as quais, logicamente, iriam se defender, dando assim lugar a novas guerras entre os índios.

E tudo em memória de um grande homem chamado Winnetou, a quem eu havia dado a minha mais sincera amizade e tão bem havia conhecido. Em memória de um homem que odiava tudo aquilo, e sempre havia combatido isto.

Trinta anos atrás, eu havia perdido o testamento de Winnetou por causa do canalha Santer, mas sua ambição custou-lhe a vida. Não obstante, a cobiça agora havia despertado em outros homens.

Eu havia regressado à América e junto às tumbas do pai e da irmã de Winnetou, havia encontrado outro testamento: os manuscritos de meu amigo, muito mais valiosos para mim do que todo o ouro da terra.

De certa forma, era e me sentia herdeiro do grande Winnetou, e devia defender, custasse o que custasse, suas idéias. Velhos amigos do famoso chefe apache haviam-me escrito pedindo meu regresso, e se havia voltado mais uma vez às pradarias do Oeste, era para constituir-me no mais fiel testamenteiro de meu bom amigo Winnetou, de meu irmão, como tantas vezes ele mesmo havia me chamado.

Quando nos afastamos de Nugget-Tsil, assim que nos encontramos no plano, aceleramos o passo de nossos animais, já que se tratava de chegar o quanto antes ao Deklil-To (Água Escura), porque a maior parte do caminho era através de terra inimiga.

Nossa rota passava pelo território dos comanches e kiowas, e isto era quase uma temeridade. Não me sentia pois, muito tranqüilo, ainda que fingisse o contrário, para não alarmar minha esposa, que estava me acompanhando.

Ela mostrava-se muito alegre, e enquanto cavalgávamos pela planície, olhava-me de vez em quando, furtivamente. Minha esposa não pode suportar a injustiça, seja ela um fato, ou só uma intenção. E quando crê que alguma injustiça foi cometida, não descansa até que alguém a denuncie.

E naquela ocasião, ela tinha algo a dizer:

— Vamos, diga logo!

— Dizer o que? — respondeu Clara, fingindo-se de desentendida.

— No que está pensando. Confesse de uma vez.

— Confessar? O que tenho para confessar?

— Espero que você mesmo me diga.

— O que acha de um casamento em que a pobre e infeliz esposa não pode olhar para o marido, sem que este suspeite no mesmo instante de algo?

— Parece-me que essa "pobre e infeliz" esposa fez um bom casamento, pois tem um marido que a conhece perfeitamente e sabe o que ela pensa.

— Ora! Não sabe não. Mas, vamos, neste caso, só neste caso, é verdade que tenho algo a confessar. Não acho que tenha agido bem!

— Está se referindo a Okih-chin-cha?

— Exatamente! Não devia ter permitido que ele nos expulsasse. Devíamos ter ficado ali.

— Isso nos teria trazido problemas, além disso, diante de Okih-chin-cha não poderia examinar os manuscritos de Winnetou. Às vezes, ceder é ganhar o primeiro combate.

— Bom, se for assim...

— Começa a estar de acordo com seu marido, Clarita?

Ela então desviou o assunto, indagando:

— Onde acamparemos esta noite?

— No braço norte do rio Vermelho. Amanhã iremos para o braço salgado deste mesmo rio, onde estive em outros tempos na aldeia dos kiowas.

Assim o fizemos e, naquela mesma noite, depois de uma longa jornada na qual apenas descansamos, acampamos na margem do braço norte do rio Vermelho.

Capítulo II

Na manhã seguinte retomamos nossa marcha. O território que tínhamos que atravessar aquele dia estava deserto, sem água, nem vegetação. Só havia pedregulhos e rochas.

O terreno, que até então havia sido plano, começou a elevar-se lentamente. Ao meio-dia, paramos para comer, porque não tínhamos água e esperávamos encontrá-la um pouco mais acima.

Então vimos, ainda bem distante, um cavaleiro que se dirigia ao nosso encontro. Quando a distância foi diminuindo, vimos que se tratava de um índio. Estava montando um bom cavalo, e sua postura indicava o inato orgulho das raças índias.

Seu rosto me era conhecido, ainda que não o relacionasse com lugar algum. De linhas suaves e cor mais clara do que os de sua raça, seus olhos doces e severos recordavam-me algo dos de Nsho-Chi, a bela irmã de Winnetou, assassinada há muitos e muitos anos atrás pelo pai dos Enters.

E então recordei quando havia visto aquele rosto. No mesmo momento fui reconhecido pelo índio, e seu rosto iluminou-se de alegria. Foi meu amigo Max Papperman quem perguntou:

— Saudamos ao nosso irmão vermelho. Este é um bom caminho para chegarmos a Pa-Wiconte?

O jovem índio respondeu:

— Eu pertenço à tribo dos kiowas, mas ainda que Pa-Wiconte seja uma palavra sioux, eu a conheço. Sim, este é o caminho para ir ao lago. Meus irmãos estão indo para lá?

— Sim — respondeu Max.

— Pois tenham cuidado.

— Por que?

— Pa-Wiconte quer dizer Água da Morte. Se meus irmãos estão indo para lá, o lago pode ser para eles realmente a Água da Morte.

Max havia feito as perguntas misturando vários idiomas indígenas, e o jovem havia respondido num inglês correto. A voz do kiowa parecia ser a de uma mulher, que se esforçava em dar um tom grave de voz de homem à sua fala.

— Por que nos fala de morte? — tornou a perguntar Max.

— Porque isso pode acontecer.

O velho caçador decidiu apresentar-se, e também a nós.

— Chamo-me Max Papperman e sou caçador. Estes dois são Hariman e Sebulon Enters. Aquele outro é Burton e sua esposa. E este irmão vermelho que está aqui ao meu lado, é o filho dos apaches que todos conhecem como Pequena Águia.

O jovem kiowa nos olhava com olhos perscrutadores, menos a mim, já que evitava o meu olhar. Mas minha esposa, a esta observou detidamente. Por fim aproximou-se de Pequena Águia e disse:

— Entre nós contam-se muitas coisas sobre um Pequena Águia apache, que é da tribo de Winnetou. É você?

— Sim, sou eu — respondeu nosso companheiro.

— É verdade que mereceu este nome porque, sendo muito jovem, apoderou-se de uma águia e, agarrado nela, baixou pelo ar desde seu ninho até a terra?

— Sim, é verdade.

— Então, dê-me sua mão. Vejo em seu peito, bordada na roupa, a estrela de Winnetou. Também eu sou um winnetou, mas tenho meus motivos para revelar isto a poucos. Olhe... Confia em mim?

Dizendo isto, levantou um pouco a roupa que lhe cobria os ombros, e vimos a estrela de onze pontas que pertencia ao clã formado pelos jovens winnetous.

— Confio em você — disse Pequena Águia, resolutamente.

— Pois então, vou guiá-los. Eu os estava esperando.

— Nos esperando? — estranhou o jovem apache.

Pequena Águia pareceu indeciso por alguns momentos. A estrela do clã winnetou em um indivíduo pertencente à tribo dos kiowas podia ser uma armadilha. Por fim, ele se decidiu:

— Muito bem, será então nosso guia.

Foi então que Sebulon perguntou ao jovem kiowa:

— Os sioux já estão lá?

— Que sioux?

— Os guerreiros de Kiktahan Shonka dirigem-se ao Pa-Wiconte. Assim como os utahs de Tusahga Sarich.

Ao escutar aquilo, desapareceu o aspecto amistoso do rosto do índio, e seu olhar endureceu:

— Conhece estes dois chefes?

— Sim — respondeu Sebulon.

— São irmãos.

— Sim.
— Kiktahan Shonka os enviou ao Pa-Wiconte?
— Sim.
— Então apressem-se, porque já estão os esperando. Procurem Pida, o chefe dos kiowas, filho do velho chefe Tangua, que os conduzirá diante de Kiktahan Shonka e Tusahga Sarich.
— E por que temos que nos apressar?
— Não sei, mas foi isto o que me foi dito.

Ante a firme atitude do rapaz, os irmãos Enters dispuseram-se a ir até o lugar que ele havia indicado, não sem antes combinar conosco de voltar a nos encontrarmos.

A Esposa Infiel

Capítulo Primeiro

Assim que os irmãos Enters haviam se afastado o suficiente para não nos escutar, o jovem perguntou a Pequena Águia:
— Meu irmão conhece estes dois homens?
— Sim.
— Sabe que são seus inimigos?
— Sim.
— E que os querem entregar ao chefe Kiktahan Shonka dos sioux?
— Também sabemos.
— E, no entanto, por que viajam com eles?
— É melhor estar no meio do perigo, do que na borda dele — respondeu Pequena Águia.
— Eu creio que tencionam assistir ao encontro dos kiowas com os comanches, sioux e utahas. Não é isso?
— Sim, é isto.
O kiowa começou a rir:
— Pida, o amigo de Mão-de-Ferro, sabe muito mais.
— Você é, talvez, um enviado de Pida, o filho do velho Tangua? Veio ao nosso encontro porque ele assim ordenou?
O kiowa respondeu:
— Não. Ele não sabe de nada disto. Pida é o chefe de sua tribo, mas seu pai ainda é inimigo de Mão-de-Ferro. Por estas duas causas, tem que ser inimigo dele, mas

Pida ainda respeita Mão-de-Ferro e o respeita do fundo de seu coração, com a nenhum outro homem, e deseja que Mão-de-Ferro vença hoje, assim como o fez em outros tempos mas, não com armas, e sim com a paz. Pida não quer saber o que eu faço, por isso procedo como bem entendo, sem consultá-lo. Vou levá-los ao melhor lugar para que possam cumprir seu desejo.

— Irá nos levar até a Água da Morte.

— Sim, mas darei uma volta para que não nos vejam. Iremos não só à Água da Morte, mas também à Casa da Morte. Temem os espíritos?

— Só temo os vivos, e não os mortos. Nunca ouvi falar da Casa da Morte. Onde fica?

— Junto ao lago. Antes era desconhecida. Foi descoberta há dois anos. Estava cheia de ossos de tempos muito antigos, com muitos *totens*, *wampuns* e outros objetos sagrados. Agora está tudo em ordem, e ali fumou-se o *calumet* do segredo, para que ninguém se atreva a entrar na casa. Aquele que se aproximar da margem do lago onde está a casa, morrerá nas mãos dos espíritos que ali habitam.

— E, apesar disso, vai nos conduzir até ali?

— Se estivesse só, não me atreveria, mas indo com vocês, nada pode me acontecer. Vocês não me conhecem e têm motivos para desconfiar de mim, mas peço-lhes, apesar disso, que me sigam. Não posso oferecer-lhes nenhuma outra garantia além desta. Conhecem Kolma Puchi?

— Sim.

— É minha amiga. Conhecem também Achta, a esposa do sábio Wakon, o homem mais famoso da tribo dos dakotas?

— Também a conhecemos.

— Minha casa está longe da dela, mas nos comunicamos freqüentemente com mensagens. Espero vê-las

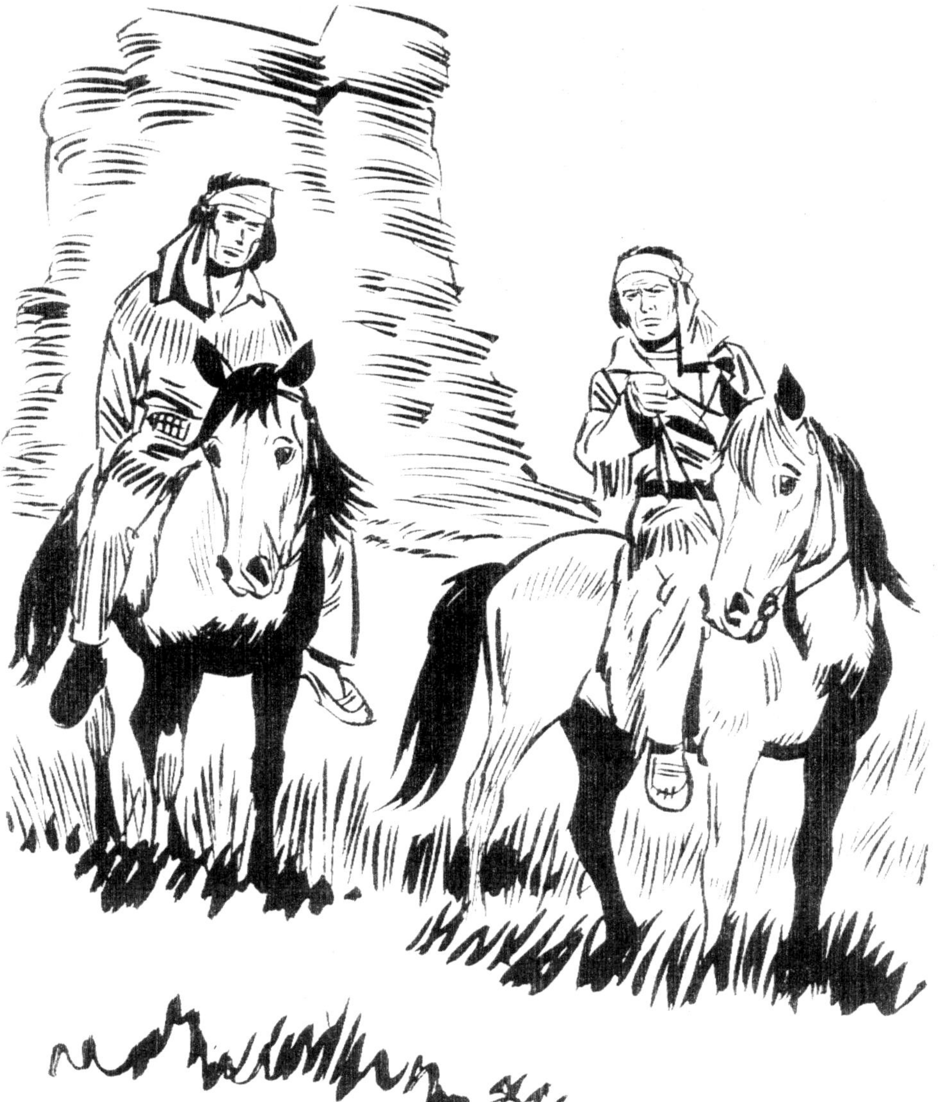

logo, apesar da inimizade de nossas tribos. Têm agora mais confiança em mim?
Era comovente como fazia todo o possível para infundir-nos confiança. Quem sabe aquele jovem índio não estava se arriscando para nos fazer um favor?
— Tenho confiança em você. E tivemos desde o primeiro momento em que se aproximou de nós. Guie-nos e nós o seguiremos.
— Venham então.
Os irmãos Enters já estavam bem longe. Primeiro seguimos suas pegadas, para que não pudessem ver para onde estávamos indo, mas quando eles perderam-se no horizonte, viramos para a direita, porque segundo nos disse o kiowa, para irmos à Casa da Morte, devíamos rodear o lago.
Max ia adiante com o jovem kiowa, de quem tentava arrancar algumas informações. Entre outras coisas, quis saber se ele conhecia os irmãos Enters, ao que o jovem índio respondeu:
— Não os conhecia. Kiktahan Shonka enviou um mensageiro para que avisasse de sua chegada. Esse mensageiro disse que logo chegariam dois irmãos caras-pálidas, que tinham prometido entregar nas mãos dos sioux a Mão-de-Ferro, sua esposa, um velho caçador branco com a metade da cara azul como a sua, e o jovem apache Pequena Águia. Estavam destinados à morte certa, mas eu propus-me a salvá-los. Afastei-me no meio da jornada em direção ao lago, e coloquei-me no lugar onde deveriam passar. Estive aqui há dois dias.
— E por que tudo isso?
— Por que esse homem que viaja com sua esposa é Mão-de-Ferro.
— Ora, ora! Então sabe de tudo, não é?
— Sim.
Minha esposa olhou-me então:

— Diga adeus ao seu disfarce!
— Ainda não!
— Acha que este kiowa guardará o segredo?
— Se eu assim o pedir, creio que sim.
— Parece um bom rapaz. Tem a expressão sincera e ao mesmo tempo triste. Gostaria de consolá-lo de sua tristeza.
— Para isso teria que saber antes se realmente está triste.
— Minha intuição diz que sim. E não descansarei enquanto não souber porque! Quer apostar cem marcos para o nosso hospital de Rabedeul como eu vou descobrir?
— Não vou apostar nada, Clarita. E não sei se será bom que atormente o rapaz com suas perguntas!
— Eu o farei para ajudá-lo, querido.
E eu sei que, quando Clara empenha-se em algo, sempre o consegue.

Capítulo II

Pela tarde, minha esposa esteve um momento cavalgando junto ao jovem índio. Com sua habitual diplomacia, fazia-lhe mil e uma perguntas, mescladas na conversa.

O terreno começou a elevar-se gradualmente, já que estávamos nos aproximando das montanhas entre as quais estava Água Escura. Ao cair da tarde vimos a linha do bosque que assinalava a proximidade do lago. Demos uma volta, atravessamos um arroio largo e pouco profundo, que constituía no desague daquele depósito de água, e então descansamos um instante.

Logo entramos em um estreito desfiladeiro que conduzia ao espesso bosque, término da jornada daquele dia. Era já muito tarde para chegarmos à Casa da Morte, e a noite já caía.

Enquanto Pequena Águia cuidava dos cavalos, ajudado por Max Papperman, eu armei a tenda. O velho caçador estava mal-humorado, tossia e resmungava como se quisesse dizer algo e não soubesse como começar, e vendo isto, perguntei-lhe diretamente o que estava acontecendo

— Estou desgostoso — disse ele, em voz baixa.
— De que?
— E além do mais, estou desconfiado.
— De que, velho turrão?
— Deste jovem kiowa.
— Por que?
— E ainda me pergunta? Não tem olho?
— Para que?
— Causa-me risos com suas perguntas! Vamos ver... Há quanto tempo tropeçamos com este kiowa?
— Há umas seis horas?
— E o que fez durante este tempo?
— Ora, Max, agora é você quem me faz rir. Mas vou responder sua pergunta: ele nos guiou até aqui.
— Não quero dizer isto. Guiar-nos era seu dever, mas fez outra coisa que deveria desgostá-lo profundamente.
— Não estou entendendo.
— Ah! Acha normal que um jovem desconhecido cavalgue seis horas junto a sua esposa, conversando animadamente?

Não pude deixar de dar uma gargalhada:
— Mas se foi Clarita quem o encantoou com suas perguntas! É ela que está extraindo informações dele!

Max abriu a boca para contestar, quando a presença de Clara o obrigou a fechá-la. Minha esposa sentou-se ao meu lado, e eu então disse em tom de brincadeira:
— O bom Max gosta tanto de você, que me recordou que eu devia sentir ciúmes por ter estado seis horas falando com este índio. Ao menos ficou sabendo o motivo de sua tristeza?

— Não falamos sobre seus sentimentos, que segundo ele, são insignificantes, e sim da grande dor dos de sua raça. Esse rapaz é muito delicado. E gosto muito dele!
— Ora! E confessa isso diante de seu marido?
— Não seja tonto, sabe bem o quanto ele lhe respeita!
— A mim? — perguntei, desconfiado.
— Sim. Ele o conhece desde há muitos anos, quando esteve nestas terras, na aldeia dos kiowas, onde Tangua ordenou que o martirizassem. Estava na aldeia quando o levaram atado pelos pés e mãos ao poste dos tormentos. Ele contou-me com todos os detalhes, assim como você mesmo fez.
— Não lhe falou do velho Sus-Homacha (Uma Pena), que tanto fez naquela ocasião para salvar-me?
— Sim. Sus-Homacha tinha duas filhas. Uma delas era esposa do jovem Pida. Era muito feliz em seu casamento, e ainda o é. Disse-me que Santer a atacou para roubar o testamento de Winnetou, dando-lhe um terrível golpe na cabeça. Deram-na por morta, mas então chamaram você, para curá-la. Você salvou-lhe a vida. Por isso Pida segue sendo seu amigo, do fundo de seu coração, porque graças a você, sua mulher está com ele. Ela veio com o rapaz!
— Aqui, na margem do lago? Com os kiowas? — perguntei a minha esposa.
— Sim. Quando soube que Mão-de-Ferro ia para a Montanha Winnetou, não houve nada que a detivesse. Queria voltar a ver seu salvador. Parece que as mulheres dos kiowas têm uma associação semelhante às das mulheres sioux. Elas também reuniram-se e querem tomar parte nas deliberações sobre a estátua de Winnetou. Saíram de suas aldeias, mas não pude averiguar onde se encontram.
— Você afastou-se do ponto principal, Clara. Falou das duas filhas de Sus-Homacha. Uma é a esposa do chefe Pida, a outra...

Minha esposa interrompeu-me:

— A outra chama-se Kakho-Oto (Cabelos Negros), e queria ser sua esposa para salvá-lo do poste dos tormentos. Não foi isso?

— Sim, mas já faz tanto tempo que...

— Não pense que estou com ciúmes. Você já me disse que a recusou. No entanto, ela não se ofendeu, inclusive mais tarde, facilitou-lhe a fuga. Ainda vive, e continua solteira. Não permitiu que nenhum homem se aproximasse, empregando seu tempo em glorificar sua memória e a de Winnetou entre os kiowas, tentando propagar em sua tribo, os seus ideais. Não deseja outra coisa senão ir à montanha Winnetou, para encontrar com você novamente.

— Não sei se poderia reconhecê-la.

— Foi ela quem nos enviou este jovem kiowa, para avisar-nos sobre o perigo e para guiar-nos. E eu digo que, apesar dos receios de Max, podemos confiar nele, como se ele não fosse kiowa. Não se alegra com isto tudo? Pois foi isto que sua esposa conversou com o jovem índio. Agora já sabe de tudo!

— Alegro-me sim, e você também irá alegrar-se, quando souber quem é esse índio, mas agora devemos descansar, porque amanhã será um dia fatigante e necessitaremos de todas as nossas energias.

Depois do jantar, Clara retirou-se para a tenda. Os demais deitaram-se a céu aberto, depois de repartirmos os turnos de guarda.

Capítulo III

O velho Max continuava reclamando de nosso jovem guia, e deitou-se ao lado dele para vigiar todos os seus movimentos durante a noite.

Na manhã seguinte, foi o próprio Max quem me despertou, muito excitado:

— Perdoa-me por interromper seu sono assim tão cedo, mas é que aconteceu uma coisa terrível.
— O que aconteceu, Max?
— Não posso dizer-lhe assim, de supetão!
— Não precisa de rodeios, amigo. Diga logo!
— Trata-se de sua esposa.
— Aconteceu algo com Clara?
Max encolheu-se, muito confuso, deu de ombros e disse:
— Homem, verá... Não é que tenha acontecido nada, mas... É terrível o que ela fez!
— Mas que diabos ela fez? Deixe de mistérios!
— Bom, pois aí vai... Sua mulher lhe foi infiel!
A expressão de meu rosto mudou completamente para o alívio, quando compreendi que não havia acontecido nada com Clara.
— Você me escutou? Ela traiu você com este índio! Ela o abraçou e beijou!
— Não me diga!
— Assim foi. E você fica aí, tranqüilo! A verdade é que não o entendo! Eu a respeitava tanto, na verdade, chegava mesmo a adorá-la! Tinha Clara na conta da melhor, mais amável, mas razoável e a mais distinta das mulheres. Por ela teria me jogado no mar e no fogo. Haveria dado a vida mil vezes por sua esposa! Mas agora já é outra coisa! Ela não é digna de você, meu bom amigo!
— Deixe de resmungar e diga-me de uma vez por todas o que aconteceu para você estar dizendo isto!
— Acha pouco? Esta manhã, esse jovem índio kiowa despertou muito cedo, ao mesmo tempo que sua mulher saía da tenda para passear um pouco, como costuma fazer. Quando ela se afastou um pouco, o kiowa saiu atrás dela. Eu os segui. E sabe como os encontrei?
— Já disse, Max: estavam se beijando.
— E você fica assim, tranqüilo?
— Continue.

— Eu os vi sentados em uma pedra, muito juntos. Ainda continuam ali. Quer ir ver com seus próprios olhos?
— Sim.
— Já compreendo sua tranqüilidade agora! É que não está acreditando em mim, não é?
— Acredito sim, Max, mas não me preocupo — e com estas palavras eu o deixei ainda mais preocupado.

Furioso, e sem compreender como um esposo digno e honrado não pudesse ficar aborrecido com tudo aquilo, me guiou através do bosque, até um pequeno descampado. Antes de chegar ali, ocultou-se entre a vegetação. E então, apontou-me uma direção e disse em voz baixa:
— Ali estão eles! Muito felizes e contentes!

Clara estava sentada com o índio kiowa em uma rocha. Tinha o braço direito abraçando o índio, enquanto que segurava com a outra mão a mão do jovem kiowa. O índio, que era mais baixo que minha esposa, apoiava amorosamente a cabeça no ombro de minha mulher. Max olhou-me como que esperando uma violenta explosão minha, mas eu o deixei gelado quando comecei a rir.
— Do que está rindo? Por acaso ficou maluco?
— Não precisa temer, estou tranqüilo.
— Pois eu não, ora! E se você, que é o marido, não agir... Serei eu a encher de bofetadas este insolente!
— Fique quieto aí!
— Como...? Que tipo de homem é você?
— Um homem muito mais observador do que você, que foi incapaz de dar-se conta de que esse índio kiowa é uma mulher!

Max ficou tão assombrado, tão perplexo, que não conseguiu falar. Por fim repetiu, como se fosse meu eco:
— Uma... uma mulher? Está... está certo disso?
— Muito certo! E ela se chama Kakho-Oto. Agora vá lá e dê-lhe estas bofetadas!

— Mas homem, eu... Eeu... Maldito seja! Como pude pensar uma coisa tão feia de sua mulher?

— Porque, como muitos, deixa-se levar pelas aparências, amigo.

Max não parecia escutar-me. Refletiu alguns momentos, e depois concluiu:

— Mas então, se esta é Kakho-Oto ela é... Essa é a filha de Uma Pena, a que o salvou tempos atrás, quando estava no poste dos tormentos dos kiowas!

— Exatamente.

Nossa proximidade chamou a atenção de Clara e da moça kiowa, que se aproximaram de nós. Max, muito envergonhado, afastou-se apressadamente.

O Desfile dos Sioux

Capítulo Primeiro

Quando Max desapareceu por entre o bosque, Kakho-Oto olhou-me com um rubor intenso a cobrir-lhe as faces. Eu a abracei e beijei, enquanto dizia em sua língua materna:
— Eu a saudo. Não parei de pensar em você até voltar a vê-la. Quer ser nossa irmã?
— Sim... Mão-de-Ferro. Sua e dela também!
Depois de dizer isso, também ela afastou-se pelo bosque, seguindo os passos do confuso caçador. Minha esposa começou a rir quando contei-lhe que o bom Max queria dar uma surra naquele que ele acreditava ser um índio atrevido, que estava cortejando minha esposa.

Voltamos ao acampamento para prepararmos nosso café-da-manhã. Em breve Max e Kakho-Oto apareceram, fazendo ambos o possível para aparentar a maior indiferença, mas eu sabia que o velho caçador tinha gravado no coração o que havia acontecido, por isso ele não cessava de olhar furtivamente para as duas mulheres, para ver se elas estavam ou não ofendidas.

Depois da refeição levantamos acampamento e, como Kakho-Oto nos disse que o caminho para a Casa da Morte era muito estreito, pusemos sobre as mulas os paus da tenda de comprido, ao contrário do que sempre fazíamos.

O caminho não era só estreito, mas também era uma ladeira, motivo pelo qual desmontamos para não fatigarmos excessivamente nossos cavalos. Seguíamos um arroio pouco caudaloso, mas muito impetuoso, e que havia formado uma profunda garganta com múltiplas voltas e reentrâncias. Uma hora depois nos encontramos com um túmulo de grandes rochas. Kakho-Oto, quando as viu, disse:

— Chegamos à Casa da Morte.

Demos uma pequena volta naquela construção pétrea e nos encontramos diante de uma porta mais larga do que alta. A soleira tinha mais de dois metros, e nela havia gravado representações de chefes índios dispondo-se a entrar no templo. Também o umbral tinha vários metros de altura, e nele parecia talhado um altar de deliberações, no qual vários chefes sacrificavam suas "medicinas".

— Mas isto não é uma casa da morte, não é um panteão — eu disse. — Parece mais um templo!

— Certo, mas o ocultamos de todos para que não perca o caráter sagrado que convém aos chefes. Além disso, há aqui tantos cadáveres que o nome de Casa da Morte está perfeitamente justificado. Quer entrar agora, Mão-de-Ferro?

— A que distância estamos do lago?

— Até a margem, uns duzentos passos

— Então devemos agir com cautela, porque há nas cercanias índios de outras tribos que não fariam caso da proibição de visitar este lugar. Assim, o que temos que fazer é ocultar os cavalos e apagar nossas pegadas.

Voltamos um pouco em nosso caminho e entramos em um desfiladeiro lateral, do qual saía uma terceira garganta, suficientemente larga para ocultar nossos cavalos. Ali também havia água e pasto em abundância. Desencilhamos os cavalos e os deixamos aos cuidados de Max, que preferia ficar ali, para investigar os arredores.

Nós voltamos para a Casa da Morte e apagamos nossas pegadas com uns galhos, para evitar qualquer surpresa desagradável. Só então nos dirigimos para a porta. Esta se encontrava na parte de trás do templo, e havia ficado muito tempo oculta por arbustos e matos, dispostos de tal forma que ninguém podia suspeitar de sua existência. Ao chegarmos à parte frontal da construção, vimos o lago a uma distância de uns trezentos passos. O túmulo de rochas podia ser visto, de longe e com toda a clareza, mas tinha um aspecto tão natural que ninguém suspeitaria que se tratava de uma obra do homem. As rochas, além do mais, estavam colocadas de tal modo que não se podia subir por elas. Era praticamente uma fortaleza inacessível.

Ao entrar no templo, nos encontramos em uma sala não muito ampla, mas muito elevada, de construção bem singular. As enormes rochas que a formavam não constituíam uma superfície lisa, e em seus vãos haviam múmias e ossos.

No centro havia um altar de pedra que, como depois pudemos ver, estava oco e coberto com uma pedra. No altar haviam vinte e quatro figuras em relevo, doze penas de águia e doze mãos fechadas. As mãos fechadas representavam o segredo, portanto, ao estarem alternadas com as penas, queriam dizer que só podiam aproximar-se do altar os chefes, e que tudo o que se deliberasse e acordasse no templo, devia permanecer em segredo. A pedra estava enegrecida no centro, já que ali acendia-se o fogo nas deliberações. Não se via um só assento em todo o vasto recinto.

A iluminação do interior era surpreendente. A pouca luz entrava através das rochas, mas como as paredes eram extraordinariamente grossas, aquelas aberturas formavam corredores, cujo extremo exterior não podíamos ver. Já havia visto procedimento parecido em al-

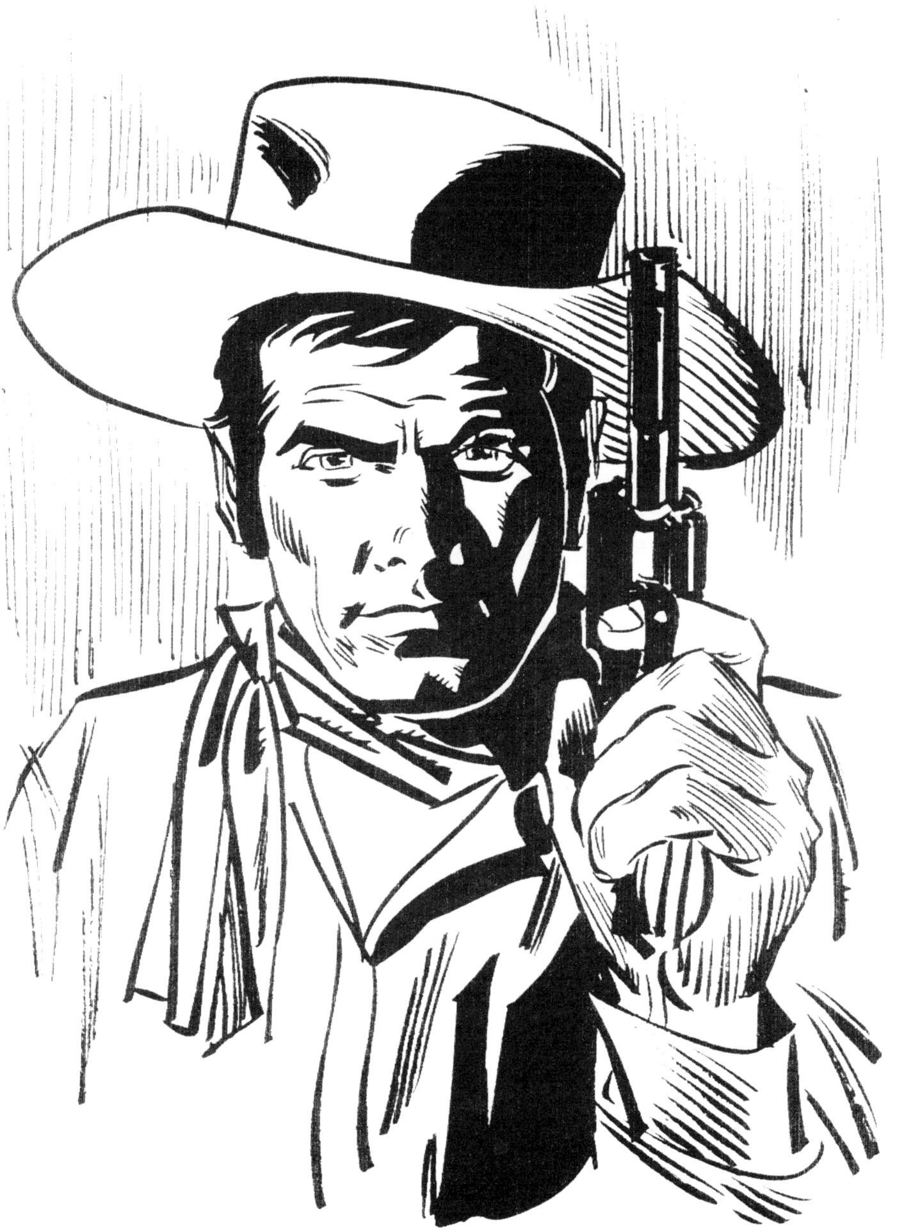

gumas sepulturas egípcias, ainda que estas costumem ser mais baixas, e a Casa da Morte, por ser mais elevada, permitia entrar mais luz.

O ar no interior era possível por causa das muitas aberturas com o exterior. O que me chamou mais a atenção foi que se podia passar de uma abertura a outra com toda a comodidade, já que haviam deixado algumas rochas salientes, servindo de escada. Os degraus mais baixos, no entanto, haviam sido arrancados há muito tempo, como podia-se ver nos sinais deixados.

Capítulo II

Clara foi a primeira a falar:
— Uma pena que faltem estes degraus.
— Por que? — perguntei.
— Porque gostaria de subir por aí, e você também está morrendo de vontade de fazer isto.
— Gostaria de saber qual a parte do lago que se vê ali.
— Mas como poderíamos alcançar os outros degraus?
— De uma forma muito simples: construindo uma escada.

Pusemos mãos à obra. Saímos do templo e procuramos dois galhos compridos, que unimos com pedaços de couro como se fossem dois travessões. Quando nossa obra estava terminada, entramos de novo no templo e a apoiamos na parede. Felizmente ela chegava justamente até o primeiro degrau. Subimos com todas as precauções possíveis, já que aquilo não nos inspirava demasiada confiança. Podíamos assim visitar os diversos nichos, cujo conteúdo de múmias e esqueletos renuncio a descrever para não cair aqui numa narração de terror.

Quando já tínhamos subido bem alto, entramos em uma das aberturas, tão larga e alta, que podíamos andar em pé, e ainda sobrava espaço. Tinha nove passos de longitude. Ali nos encontrávamos no alto do monte de rochas, de onde podia-se ver uma grande parte do lago. Por precaução ficamos sentados, pois podia haver nas proximidades algum kiowa ou comanche que pudesse nos descobrir.

Nossa precaução não era infundada, porque vimos não um, mas sim muitos índios que rodeavam a cavalo o lago, e com claras mostras de cansaço.

— Esses são os sioux do velho Kiktahan Shonka — nos disse Kakho-Oto. — Os utahs, ou já passaram ou estão para chegar.

— Corremos perigo aqui? — perguntou minha esposa.

— Não tema, eles não podem nos ver.

Pequena Águia permanecia tão silencioso como o habitual. Só Kakho-Oto voltou a falar:

— Tenho que ir. Confia em mim?

— Temos plena confiança em você — respondi eu em sua língua. — Quando virá encontrar-nos novamente?

— Não sei. Vou ver o que acontece e logo virei informá-los. Se não tiver nada a comunicar-lhes, não voltarei, mas se for algo muito importante, em breve estarei com vocês. Onde poderei encontrá-los?

— Aonde você marcar.

— Pois então não saiam do lugar onde estão os cavalos agora. Não se aventure em perigos sem necessidade, Mão-de-Ferro, e sobretudo, não tente nos seguir. Meus olhos são seus olhos, e eu saberei tudo o que você precisar.

Prometi à mulher que seguiria suas indicações, depois do que ela separou-se de nós para reunir-se com os seus. Minha esposa, Pequena Águia e eu, permanecemos naquele lugar para ver os sioux passarem, depois dos quais passaram os utahs.

— Quem vencerá? — disse Clara. — Eles ou nós?

— Nós — afirmei categoricamente. — Não vê que o que passa agora diante de nós não é a nossa derrota, e sim nossa vitória?

— E como sabe disso?
— Por causa da lentidão, de todo o seu aspecto, de sua indiferença, e além disso, porque levam as bolsas de provisão vazias.
— E o que isso tem a ver com a nossa vitória?
Notei que Pequena Águia me olhava tão fixamente quanto minha esposa, esperando por minha resposta:
— Eles não têm víveres para eles, nem forragem para seus cavalos.
— Os seus aliados kiowa e comanche providenciarão isto.
— Mas isso bastará para este momento. Estes velhos índios não são previdentes. Pensam só no passado e não são capazes de compreender o presente. Antes, em tempos de guerra, organizavam as forças em grupos separados e não por massas de mil homens. Aquelas tropas eram fáceis de manter e de cuidar. Se iam caçar búfalos, passavam por pradarias de relva abundante, para que os cavalos tivessem o alimento necessário. Os índios curavam na primavera, carne para seis meses, e no outono voltavam para curá-la para os seis meses restantes, e isto garantia-lhes provisão de carne seca o suficiente para não preocupá-los. Mas... Agora, onde estão os grandes rebanhos de búfalos? Agora nenhum índio tem em sua tenda carne curada para seis meses. Tampouco existem já aqueles poderosos cavalos, capazes de resistir à qualquer inclemência do tempo, e de cavalgar dias e dias sem dar prova de cansaço. Tudo isso acabou. Aquele que acredita que pode fazer isso, está perdido. Olhe bem para estes índios, cansados antes de lutarem. Kiktahan Shonka e Tusahga Sarich saíram para a batalha com mil sioux cada um. São homens e cavalos que não têm hábitos guerreiros e, o mais grave, sem os víveres necessári-

os. Agora terão que mendigar perante os kiowas e comanches. Mas eles também não têm provisões de pão e carne em abundância. Na realidade, para vencê-los não teremos que matar a nenhum deles, porque eles já providenciaram sua própria morte, pela fome e pelo cansaço.

O Roubo dos Amuletos

Capítulo Primeiro

Quando passou o último dos utahs, descemos de nosso observatório, escondemos cuidadosamente a escada, de forma que se alguém entrasse ali, não iria conseguir descobri-la, e nos reunimos com Max, que continuava guardando nossos cavalos.

— Kakho-Oto esteve aqui — ele disse. — Encilhou seu cavalo a toda pressa e se foi, dizendo-me que vocês já sabiam para onde ela ia.

Armamos a tenda e pouco depois nos pusemos a dormir. Eu estava resolvido a obedecer as indicações de nossa amiga, para não nos metermos em perigo nenhum. O mais prudente era ficarmos naquele lugar, sem nos movermos para nada. Tinha, pois, tempo suficiente para examinar detidamente o legado de meu amigo Winnetou.

No dia seguinte abri os pacotes, e com a ajuda de minha esposa, me pus a ler seu conteúdo. Naquelas palavras, pude encontrar o melhor tesouro que o chefe apache poderia nos legar.

Pela tarde chegou Kakho-Oto, para anunciar-nos que os kiowas, os comanches, os utahs e os sioux estavam todos reunidos, mil guerreiros de cada tribo. Depois de longa discussão entre os chefes, havia-se chegado a um acordo, de maneira que, na realidade, não faltava nada mais que a cerimônia de encerramento da assembléia, celebrada entre os índios.

— Então, haverá outra reunião?
— Sim.
— Quando, Kakho-Oto?
— À meia-noite.
— Se eu pudesse assisti-la, sem ser visto!
Ao escutar isso, Clara interveio:
— Isso não! Seria demasiado perigoso para você. Se lhe descobrirem, matarão!
— Os chefes irão reunir-se na Casa da Morte. Assim combinaram os feiticeiros dos comanches e kiowas, que afirmam que, como aquela casa tem sido desde há muitos e muitos anos, o lugar de reunião dos chefes, deve continuar sendo assim agora. As mulheres e guerreiros estão proibidos, sob pena de morte imediata, de entrarem no templo, a não ser os guerreiros que irão acompanhar os chefes.
— Então... Vamos nos ocultar ali! — propôs minha esposa, achando a solução.
— Você não — eu disse. — Acabou de escutar que está proibido às mulheres entrarem no templo, sob pena de morte. Não quero que corra este perigo.
— Pois eu me nego a obedecer isto! — exclamou Clara. — Irei à Casa da Morte para inteirar-me, como vocês, de tudo o que tratarem ali.
Esqueci a rebeldia de minha esposa por uns momentos e perguntei a Kakho-Oto se ela sabia quanto índios iriam reunir-se ali.
— Serão os quatro chefes supremos: Kiktahan Shonka, Tusahga Sarich, To-kei-chum e Tangua, os dois feiticeiros dos kiowas e dos comanches, e outros cinco chefes de cada uma das quatro tribos. Também irão alguns guerreiros para acender o fogo e levar Tangua, que não pode andar. Cada tribo terá sua fogueira, mas todas acenderão o fogo no altar, no qual estarão depositados os amuletos dos chefes, até que se cumpram os acordos da assembléia.

— Então, lá estarão pelo menos trinta pessoas. Não sabemos como irão dividir-se, e como se colocarão dentro do templo, mas, seja como for, não teremos na parte de baixo nem um lugar onde nos ocultarmos, a não ser dentro do altar.

— Pois iremos nos esconder em cima — disse minha mulher, tão resoluta como sempre. — Com a escada que construímos, podemos nos esconder facilmente nos nichos ou nas aberturas que dão para o exterior.

— Perfeitamente — admiti de momento. — Mas não pensou no fogo.

— E o que importa o fogo?

— Que pergunta! Não sabe que a fumaça pode nos sufocar ou pelo menos nos fazer tossir e denunciar nossa presença? Haverão pelo menos cinco fogueiras ali dentro, uma para cada tribo, mais a do altar, alimentadas com lenha que, se não estiverem muito secas, produzirão uma enorme quantidade de fumaça e de odor, o que tornará nossa permanência em nosso esconderijo impossível.

— Pense, você é um homem muito experiente, e a tudo soluciona — replicou Clara.

— Vejamos. Não podemos nos esconder embaixo, evidentemente, mas também não o poderemos fazer muito em cima, porque assim não escutaríamos nada. Temos que ter em conta de onde vem o vento, para ver em que direção ele irá. Vamos fazer a prova agora mesmo, já que dispomos de tempo antes que caia a noite. Acenderemos o fogo e veremos por onde sai a fumaça.

— E eles não nos verão? — advertiu Max.

— Não virá ninguém por aqui — afirmou Kakho-Oto. — Estão seguros e não tomam cuidado.

Dirigimo-nos novamente ao templo, enquanto, pelo caminho, íamos colhendo lenha seca necessária para o nosso experimento. Max ficou vigiando, e nós acendemos o fogo. Novamente, com a ajuda da escada, pudemos alcançar a altura suficiente para observar a direção da fumaça. Uma vez encontrado o lugar apropriado para nosso objetivo, descemos e apagamos a fogueira, apagando com muito cuidado todo e qualquer rastro. Mais tarde regressamos ao nosso acampamento e Kakho-Oto despediu-se de nós para voltar a reunir-se com os kiowas, prometendo voltar na manhã seguinte.

Capítulo II

Enquanto Clara preparava o jantar, nós, com algodão e graxa de urso, fizemos umas pequenas tochas, para não fazermos às escuras nossa perigosa subida pelas paredes do templo. Como de todo modo havia perigo na expedição, decidi que iria sozinho com Pequena Águia, ainda mais que minha esposa não ia entender nem uma só palavra do que ia ser dito pelos índios ali.

Às onze horas nós dois partimos, deixando Max e Clara no acampamento, mas com ordem de aproximarem-se cautelosamente da Casa da Morte, para ver o que teria acontecido conosco, se não regressássemos na manhã seguinte. Por precaução eu levava meus revólveres, ainda que tivesse esperança de não precisar fazer uso deles.

Uma vez chegando ao templo, acendemos nossas tochas. Só então dei-me conta de que minha esposa estava ali. Havia-nos seguido e se justificou dizendo que, se existia perigo, precisamente por isso queria estar ao meu lado. Não tive vontade de discutir, além do que cheguei à conclusão de que, possivelmente, estando com ela, eu seria mais cauteloso.

A subida com a precária luz de nossas improvisadas tochas, foi mais arriscada e difícil do que havíamos calculado, sobretudo por causa da escada que tivemos que subir junto com nós, já que não podíamos deixá-la à vista, pois os índios suspeitariam que alguém estaria se escondendo ali. Eu ia em primeiro lugar, atrás de mim vinham Clara e Pequena Águia era o último. Eu e ele levávamos a escada, que servia também de apoio para Clara. Com esforço conseguimos chegar ao local que havíamos escolhido, ocultando a escada na abertura mais profunda, de forma que não pudesse ser vista debaixo. Apagamos então as tochas e saímos para o exterior.

Não tivemos que esperar muito tempo. Os índios vieram em seguida. A obscuridade reinante não permitia distinguir suas faces, mas sabíamos se tratar dos chefes. Distinguimos também a maca que trazia o ancião chefe dos kiowas. Alguns dos índios carregavam grandes achas de lenha. Eram umas trinta e quatro sombras no total.

Quando todos entraram no templo, recuamos pelo passadiço até chegarmos ao interior, e ali nos sentamos, no meio da mais impenetrável escuridão e calados como mortos.

Debaixo de nós escutava-se o rumor de vozes, mas não entendíamos nada. Logo saltou uma chispa, e outra e outra, até que elas converteram-se em chamas e quatro fogueiras, formando os ângulos de um quadrado, no centro do qual estava o altar. De nosso ponto de observação, vimos como em torno destes fogos sentavam-se aqueles fanáticos índios, e a fumaça subia sem incomodar-nos em absoluto.

O resplendor das fogueiras aumentava o caráter fantástico que nos rodeava e, os nichos, as múmias e os ossos fizeram que Clara me desse as mãos, sussurrando baixinho:

— Isto é uma visão espectral! Quase tenho medo!

— É culpa sua — respondi junto ao seu ouvido. — Não gostaria de estar longe daqui?

— Não. Além disso, espetáculos como estes não se vêm todos os dias. Parece que estamos no inferno!

Aquela comparação não era exagerada. Na realidade o que se avistava lá em baixo remetia a pecado, efetivamente, e as figuras agrupadas junto às fogueiras não me pareciam os descendentes de séculos passados, e sim almas liberadas daqueles tempos primitivos, que se reuniam para realizar sua última obra malévola.

Meus pensamentos foram interrompidos por uma voz que dizia:

— Eu sou Avat-tawah (Grande Serpente), o curandeiro dos comanches, e digo, já é meia-noite.

Outra voz, bem distinta, disse:

— Eu sou Into-tapa (Cinco Colinas), o curandeiro dos kiowas, e peço que comecem a deliberação.

— Que comece! — exclamou Tangua.

— Que comece! — disseram sucessivamente To-keichum, Tusahga Sarich e Kiktahan Shonka.

Continuávamos sem reconhecer, devido à altura em que estávamos, os rostos daqueles que falavam. Só víamos confusamente suas figuras e escutávamos suas vozes como se chegassem de outro mundo. O feiticeiro aproximou-se do altar e disse:

— Estou diante do lugar sagrado da custódia dos amuletos. No templo de nosso ancião e famoso irmão Tatellah-Satah está estendida a gigantesca pele de leão prateado, morto há tanto tempo, e nela está escrito: "Guardem seus amuletos. O cara-pálida vem atravessando a água grande e a extensa savana, para roubar seus amuletos. Ele é um bom homem, e trará felicidade. Mas se for um homem mau, só se escutarão lamentos em todos os seus acampamentos".

Depois aproximou-se do altar dos kiowas e assim falou:

— Mas junto ao pé do leão prateado está estendida a pele da grande águia de guerra, na qual está escrita:

"Então aparecerá um herói, que se chamará Pequena Águia. Voará três vezes ao redor da montanha dos amuletos e depois descerá até junto de vocês, para restituir tudo o que o cara-pálida nos roubou". Eu pergunto a vocês: querem permanecer fiéis aos acordos que tomamos aqui hoje?

— Sim, queremos — responderam os quatro chefes, a uma só voz.

— E estão dispostos a deixarem seus amuletos, como garantia de que levarão a cabo o que decidimos?

Novamente escutou-se uma resposta afirmativa.

— Então, deixem-nos aqui.

Assim eles fizeram, e o inválido Tangua fez com que o levassem até o altar, para que ele mesmo pudesse depositar ali seu amuleto. Kiktahan Shonka, enquanto isso, entregava o seu amuleto ao feiticeiro.

— Não tenho mais que a metade. A outra metade se perdeu quando Manitu afastou sua vista de mim. Que volte outra vez seus olhos para mim, para que não se perca também esta metade. O peso dos meus invernos já me inclina em direção à tumba. Terei de aparecer sem medicina depois da morte e perder-me para sempre? Para livrar-me desta desgraça, farei tudo o que estiver ao meu alcance, para cumprir o que prometi hoje.

Levantaram a pedra do altar, e depois de terem posto no interior todos os amuletos, tornaram a colocá-la no lugar.

Capítulo III

Iniciou-se a cerimônia do cachimbo da paz. Apesar de haver acontecido uma deliberação anterior, os discursos foram longos e retóricos. Seria interessante reproduzi-los aqui, por serem alguns deles verdadeiras obras mestras da oratória índia, mas me limitarei a dizer que, do nosso esconderijo, não perdemos nem uma só palavra do que foi dito ali, e o resultado foi o seguinte:

As quatro tribos concordaram com um ataque ao acampamento dos apaches e seus amigos na montanha Winnetou. Com aquele ataque, fariam fracassar a projetada glorificação do herói morto. Ao mesmo tempo, iriam apoderar-se de todos os donativos feitos por outras tribos a fim de levantar o monumento a Winnetou.

Decidiram permanecer um dia mais junto à Água Escura para descansarem da longa viagem que haviam feito, e depois então iriam dirigir-se ao lugar denominado vale da Caverna, que estava próximo à montanha Winnetou, e que oferecia abrigo seguro para todos os seus homens.

Dali partiriam para o ataque contra os apaches e seus aliados.

Entre tudo o que se tratou naquela reunião, houve um ponto de sumo interesse para nós. As quatro tribos tinham entre os apaches um homem que os punha a par de tudo, e que iria indicar-lhes o momento oportuno para o ataque. Aquele traidor estava realmente bem informado, porque fazia parte do comitê do monumento a Winnetou e gozava da confiança geral. Tratava-se de ninguém menos que Antônio Paper, o índio Okih-chin-cha. Haviam-lhe prometido, como pagamento por seu trabalho, uma parte considerável do butim, cuja quantia, mesmo ainda não tendo sido acordada, deveria ser grande.

Quando toda aquela longa deliberação terminou, os dois feiticeiros apagaram o fogo do altar e varreram as cinzas da pedra. Então, afastaram-se alguns passos e o comanche disse em tom solene:

— Sempre que o fogo sagrado se extingue sobre os amuletos, tem-se que repetir as palavras do leão prateado: "Guardem seus amuletos. O cara-pálida vem atravessando a água grande e a extensa savana para roubar seus amuletos".

O feiticeiro dos kiowas acrescentou:

— Sempre que o fogo se extinguir sobre os amuletos, há de se repetir também as palavras da grande águia de guerra: "Então aparecerá um herói, que se chamará Pequena Águia. Voará três vezes ao redor da montanha dos amuletos e depois descerá até junto de vocês, para restituir tudo o que o cara-pálida nos roubou". Então, despertará a alma da raça vermelha de seu sono milenar, e o que estava separado voltará a unir-se para constituir uma só nação e um só grande povo.

E então todos saíram do templo. Minha esposa, depois de soltar um suspiro, comentou:

— Que noite! Nunca a esquecerei! O que vamos fazer agora?

— Descer e pegar todos os amuletos.

— Mas... Isso não seria certo!

— Na realidade, isto está proibido sob pena de morte. Mas somos obrigados pela necessidade.

Pequena Águia nos escutava em silêncio, e foi só quando descemos que o jovem índio me disse, em sua própria língua:

— Vai mesmo recolhê-los?

— Sem dúvida alguma. Em minhas mãos, seriam um trunfo! Um grande e eficaz trunfo, meu amigo.

— Eu sei, Mão-de-Ferro. Mas eu sou índio e conheço o significado e a inviolabilidade dos amuletos que foram depositados neste lugar. Sabe o que minha consciência me diz agora?

— Sim: me impedir de chegar até eles, mas você sabe bem que minha intenção não é profanar os amuletos.

— Eu sei, porque o conheço. Mas peço-lhe somente uma coisa.

— Fale.

— Se você quer ser o cara-pálida que chega até nós para roubar nossos amuletos, permita que seja eu o jo-

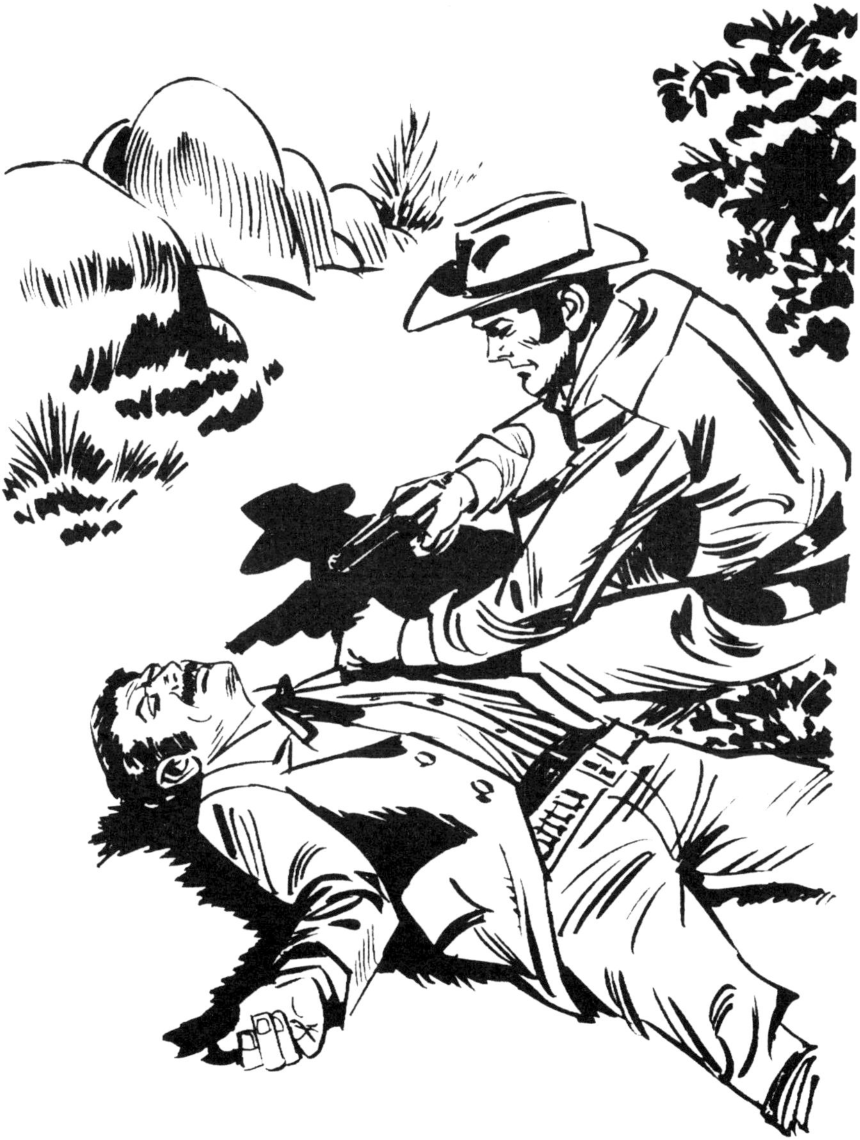

vem índio que anuncia a águia de guerra, e que desce à montanha Winnetou para restituir os amuletos a seus irmãos de raça.

— Você pode fazer isso?
— Se você quiser, sim.
— Pode voar?
— Sim.
— Três vezes, ao redor da montanha?
— Sim.

Aquele foi um momento solene. Em meio de uma grande escuridão, um branco e um jovem índio, junto ao altar, cada um com uma tocha nas mãos. O índio falava em voar, mas seu vôo não era só físico. Tratava-se da ascensão espiritual de seu povo.

— Amigo — eu disse, — agora eu os levo, mas eu os devolverei assim que me pedi-las.

E para confirmar isto, apertamos as mãos.

A MONTANHA WINNETOU

Capítulo Primeiro

Havia passado uma semana. A última havíamos acampado em Kelkih Toli, e na manhã seguinte, bem cedo, empreendemos nossa viagem seguindo o curso do rio. Kelkih Toli quer dizer rio Branco, e seu nome é devido à grande quantidade de quedas, cujos desníveis enchem seu curso de espuma branca.

Quase no final daquele mesmo dia, nos vimos obrigados a deixar a rota em que estávamos para seguir o curso do Kelkih Toli e, então, vimos quatro índios agachados.

Seus cavalos pastavam tranquilamente, e eles não tinham os rostos pintados e nem levavam armas. Percebi serem comanches caneos. Quando nos viram, levantaram-se com presteza, e observaram nossos movimentos com certo receio. Pensei que eles deviam constituir um posto avançado, estando ali para examinarem todos os que passassem. Pequena Águia, que ia na frente de nosso grupo, limitou-se a saudá-los com a cabeça. A ele não puseram nenhum obstáculo, mas nós fomos detidos.

— Aonde vão os caras-pálidas?
— À montanha Winnetou — eu respondi.
— Para que?
— Para encontrarmos Mão-Certeira.
— Mão-Certeira não se encontra aqui hoje.
— Também queremos ver Apanachka, o chefe dos comanches caneos.

— Ele também não está.
— Então, vamos esperar que eles voltem.
— Não é possível.
— Por que?
— Porque não se permite a subida à montanha Winnetou de nenhum cara-pálida.
— E quem proíbe isto?
— O comitê.
— E por acaso a montanha Winnetou pertence ao comitê?
— Não.
— Pois então, este comitê não pode nos proibir.

Ia esporear meu cavalo quando o índio, furioso, pegou-o pelas rédeas e gritou:
— Não pode passar!
— Então me detenha!

E puxei meu cavalo, que empinou, enquanto o índio jogava-se de lado. Os outros três tentaram segurar minha esposa e Max, mas eu os impedi com minha montaria. E então sacamos nossas armas, e como os quatro índios eram jovens, eles ficaram um tanto desconcertados, e nos permitiram continuar nosso caminho. Ao cabo de uma hora tropeçamos com um segundo grupo de índios, e como eu não queria perder mais tempo com discussões, saquei meus revólveres e disparei para o alto, antes de nos aproximarmos. Perplexos e visivelmente com medo, deixaram-nos seguir nosso caminho. Minha esposa advertiu-me então que os índios do segundo grupo haviam se reunido com os outros, e eles agora estavam discutindo acaloradamente.

— Não se preocupe. Conhecem bem o que é capaz de fazer um revólver, e não vão tentar nada.

Um terceiro destacamento, também de quatro índios, desta vez armados com lanças, veio ao nosso encontro. Como havia me saído bem nas outras ocasiões, eu repeti o mesmo procedimento com eles. Efetivamente, aqueles quatro índios nos deixaram passar, mas foram reunir-se com os outros oito que nos seguiam a uma distância prudente. Minha mulher brincou, ao vê-los atrás de nós:

— Já temos doze! E pensar que somos só três homens e uma frágil mulher! São estes os valentes peles-vermelhas, capazes de tudo?

— Não os julgue infundadamente — eu disse. — São jovens inexperientes e as armas de fogo podem mais do que doze lanças. O tempo fará deles valentes guerreiros.

Uma hora e meia depois, outro grupo apareceu. Desta vez eram oito índios e dois brancos. Pelo visto, eles achavam que os índios não eram companhia à altura deles, pois estavam sentados separados, comendo.

Eu vi tudo isto de longe, mas ao nos aproximarmos, pude comprovar que estávamos enganados. Não se tratava de dois brancos, e sim um índio e um mestiço, ambos vestidos como caçadores brancos. E eu conhecia aqueles dois sujeitos. O mestiço era Okih-chin-cha, e o índio o senhor Evening. Perto deles estavam suas escopetas e algumas aves mortas, sinal de que eles haviam caçado.

Assim que nos viram, puseram-se de pé. Então, Max disse:
— Já teremos tumulto!

Capítulo II

Pequena Águia devia ter passado por aquela nova barreira, porque não o víamos em parte alguma, mas nós não conseguimos passar, porque o mestiço Paper plantou-se à nossa frente:

— Hoje vamos acertar as contas, senhor Burton. Vocês são meus prisioneiros!

Indiquei para Clara e Max que desmontassem. Eu também fiz o mesmo e tranquilamente, sem olhar para Antônio Paper, ou Okih-chin-cha, levei os animais para junto ao rio, para que bebessem. Enquanto fazia isso, os índios que pareciam estar sob o comando de Paper uniram-se aos doze que vieram nos seguindo. Clara observou que eles cochichavam entre si, e supus que não estavam tramando nada de bom. Recordei que meu primeiro encontro com aquele mestiço tinha sido violento, e naquela ocasião, a coisa estava indo pelo mesmo caminho, já que ele me dirigia uma série de insultos, aos quais nem me dignei a responder.

— O senhor me escutou, senhor Burton? Ou será que um vagabundo como o senhor não compreende...

Ele não pôde concluir a frase, porque o agarrei pela cintura, levantei-o sobre meus ombros e me dirigi ao rio. E lá o lancei na água com todas as minhas forças.

Ele afundou e voltou a aparecer, esperneando como um cachorro, enquanto a forte correnteza o arrastava.

— Socorro! Socorro!

Neste instante, seu companheiro William Evening virou-se para os índios, gritando furioso:

— Tirem-no de lá! Não deixem que ele se afogue!

Os índios, então, apressaram-se a obedecê-lo. Seguindo o curso do rio, conseguiram por fim resgatar o mestiço. Então aproximei-me dele e, sorrindo muito amavelmente, repeti as mesmas palavras que ele havia me dito ao chegar em Nugget-Tsil e nos expulsar de lá.

— Viemos aqui para um assunto importante e não pensamos que iríamos encontrar alguém. A presença de vocês nos atrapalha. Compreendeu?

— Perfeitamente, mas... — interrompeu-me Paper.

Os índios já haviam tirado da água Okih-chin-cha, que apressou-se em entrar em uma casa de troncos que havia por ali. Mas ele ainda não havia entrado nela, quando virou a cabeça rapidamente ao escutar o meu disparo. Ficou imóvel, sobressaltado, achando que eu havia atirado nele, mas apontei então o chapéu de seu amigo Evening, que havia saltado da cabeça dele.

— Vejam bem — anunciei-lhes. — Desta vez foi só o chapéu, mas se dentro de cinco minutos não tiverem partido daqui, será sua pele que vou esburacar.

Max estava do meu lado, também empunhando seus dois revólveres, e muito feliz, a julgar pelo sorriso que iluminava seu rosto.

— Eu já comecei a contar estes cinco minutos.

Os índios só olhavam para o mestiço e para o pele-vermelha vestido de caçador, sem se atreverem a tomar uma iniciativa. Mas tanto Paper quanto Evening não estavam muito tranqüilos. Evening inclinou-se para recuperar seu chapéu, e resmungou entredentes:

— Está bem! Nós vamos embora!

Dirigiram-se para onde estavam seus cavalos e, sem perda de tempo, montaram e afastaram-se no galope.

Tenho de dizer que nada impressiona tanto aos peles-vermelhas como a coragem e a força. Foi por isso que o índio mais velho aproximou-se do nosso grupo e perguntou:

— Meu irmão branco disse que conhece Mão-Certeira?

— Sim.

— E também nosso chefe Apanachka?

— Sim, e também o jovem Apanachka. Os dois me chamam amigo, e me chamaram para comparecer à montanha Winnetou.

— Tem aí suas mensagens?

— Sim, eu as tenho.

— Então, peço-lhe que as mostre.

Fomos até onde estavam nossos cavalos, mas minha mulher, que havia escutado o pedido, adiantou-se. Mas, em uma mostra de seu excelente bom humor, tirou quatro contas de hotel, uma de Leipzig, na Alemanha, outra de Bremerhaven, outra de Nova Iorque e a quarta de Albany, e as entrou ao índio, dizendo muito amável e sorridente:

— Estas são as cartas.

O índio fez um gesto respeitoso e pegou os papéis, que examinou com grande cuidado. E fez então que entendia perfeitamente o que estava escrito ali. Quando terminou seu exame, voltou-se para os índios e disse:

— Está certo o que eles dizem. Esta é a carta de Mão-Certeira. Esta a do jovem Mão-Certeira, seu filho. Esta é a de Apanachka, e esta outra do jovem Apanachka. São seus amigos e devem ir à montanha Winnetou.

Mas sua pequena encenação foi quase por água abaixo, quando seu companheiro, achando muito estranho aquilo, perguntou:

— Mas, quando foi que aprendeu a ler a língua dos caras-pálidas?

— Não aprendi. Mas sei o que está dito aqui!

As contas de hotel foram passando de mão em mão, e cada um daqueles índios, para não passar por mais ignorante do que os outros, concordaram que aquelas eram realmente as cartas.

— Meus irmãos brancos podem passar com a mulher. Os guerreiros caneos obedecem a seus chefes mais do que ao comitê.

Assim pois, sem mais incidentes, continuamos nos internando naquelas montanhas. Encontramos outro destacamento, mas eles não puseram obstáculo algum para que continuássemos nosso caminho. Limitaram-se a nos olhar de longe, mas eu sabia que o mestiço Okih-chin-cha nos preparava uma recepção que não iria ser exatamente calorosa e afetuosa.

Não se viam crianças, já que não fora permitido que os trouxessem à montanha Winnetou, e os homens haviam se reunido para prepararem os últimos detalhes daquela grande convenção.

TATELLAH-SATAH

Capítulo Primeiro

O vale no qual seguíamos foi se alargando rapidamente e as alturas que o limitavam foram elevando-se, até que chegou o momento em que pudemos contemplar todo o alto patamar no qual nos encontrávamos.

A impressão que aquela paisagem nos causou foi tão grande que, movidos pelo mesmo impulso, paramos nossos cavalos.

— Magnífico! Magnífico! — eu disse.

— Deus! Que coisa mais linda! — exclamou Clara por sua vez. — Não sabia que havia lugares tão lindos assim na terra!

E o velho Max também expressou seu assombro:

— Jamais havia visto um lugar como este!

Aquilo parecia uma gigantesca catedral, de mais de mil metros de altura, ante a qual estendia-se um dilatadíssimo espaço livre, dividido em uma parte alta e outra baixa, por vários degraus naturais. Atrás do corpo central, situado a oeste deste espaço, viam-se outras montanhas, situadas como torres de uma construção, e que desapareciam pelo lado ocidental em um mistérioso horizonte azul-acinzentado. A plataforma estava rodeada de colinas mais baixas pelos outros três pontos cardiais, que não deixavam entre elas outra saída senão o vale do rio por onde nós havíamos chegado e que seguia na direção do leste.

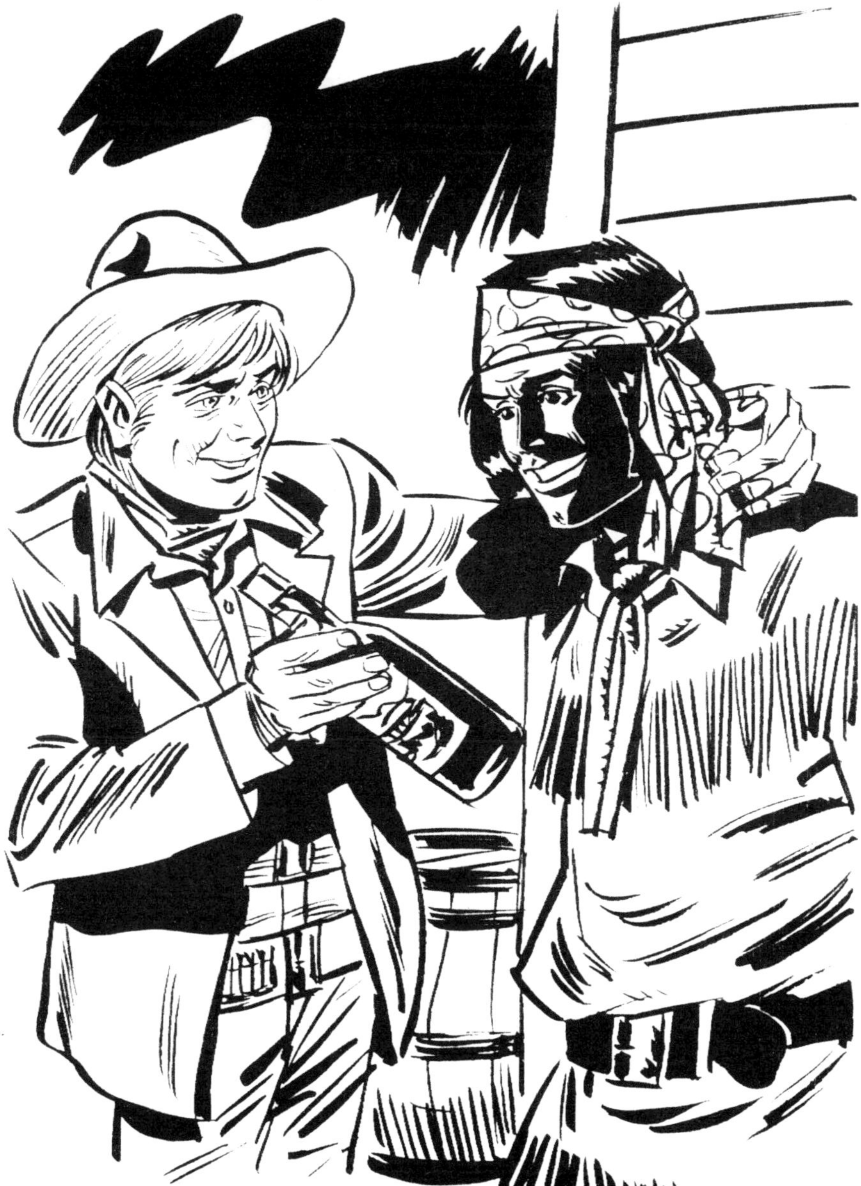

A elevação maior era a montanha Winnetou. Imensa, elevava-se até as nuvens, como que impulsionada pelas mais poderosas forças da natureza. Entre os seus denteados capitéis de rocha, que se levantavam sobre verdes prados, brilhavam grandes camadas de neve, que o sol beijava sem cessar, até que, derretidas, deslizassem de rocha em rocha, de garganta em garganta, em inumeráveis torrentes que iam reunir-se de novo ao pé da montanha, em um lago. Dali surgiam duas cataratas de mais de sessenta metros de altura, uma na parte norte, outra na parte sul.

Aquele lago chamava-se Nahtowapa-apu (Lago Secreto ou dos Amuletos) e não muito longe dele, via-se uma antiga torre de vigia índia, de onde podia-se divisar toda a planície. A pouca distância, por debaixo da torre, avançava uma plataforma muito saliente, na qual havia um grupo de construções, que seguramente remontavam além da época dos toltecas e astecas.

Ali morava Tatellah-Satah, o Guardião do Grande Amuleto. Para chegar à sua morada era necessário seguir a primeira parte do vale, e logo adentrar-se por um caminho lateral. Mas a ninguém era permitido chegar até ele, sem seu consentimento.

A torre principal da catedral gigantesca era propriamente o que constitui a montanha Winnetou e a outra chamava-se montanha do Amuleto. Esta última era a montanha ao redor da qual teria que voar três vezes Pequena Águia, para restituir aos peles-vermelhas seus amuletos perdidos.

Continuamos cavalgando, contemplando o espetáculo que nos oferecia aquela visão. Espalhadas por todas as partes, milhares de tendas, diante das quais estavam cravadas as lanças de seus moradores.

Sobre o rio havia uma ponte de pedra e ali um grupo de índios parecia nos esperar. Cada um deles levava um bracelete de uma cor e, como ficamos sabendo mais tarde, eram os encarregados de manterem a ordem na montanha Winnetou enquanto durassem as deliberações. Só nos aproximamos mais um pouco e eles nos rodearam, enquanto um deles dizia em inglês:

— Foram vocês que atiraram Okih-chin-cha na água?

Era inútil negar, e nem mesmo planejava fazer isso.

— Sim, ele precisava de um bom banho.

— Vai ser castigado por isso.

— E quem ordena este castigo?

— O comitê!

— Posso saber onde está reunido o comitê?

Ele apontou-nos um lugar do vale.

— Mas, não podem ir lá! São prisioneiros!

Um grupo de índios aproximava-se e entre eles distingui o Okih-chin-cha, seguido de William Evening, Simmon Bell e Eduardo Summer. Foi Bell quem fez um gesto aos índios que nos rodeavam.

— Podemos saber o por que disto tudo? — repliquei.

— Já dissemos que sua presença em Nugget-Tsil nos incomoda.

— E pensam em tirar-nos nossa liberdade só por causa disso?

— Por isso e por haver posto as mãos sobre um dos membros do comitê.

— Refere-se ao banho que dei neste mestiço?

Ao me escutar dizer isto, Okih-chin-cha, ou melhor, *Antônio Paper*, pôs-se a gritar histericamente:

— Castiguem sua ousadia a golpes! A golpes!

Max e eu, procurando proteger Clara, nos preparamos para a luta. Mas não sei o que teria acontecido se outros personagens não tivessem ali aparecido.

Capítulo II

Eram Athabaska e Algongka, dois peles-vermelhas de grande inteligência e sabedoria, que ao nos reconhecer, e ver o tremendo tumulto formado à nossa volta, aproximaram-se rapidamente.

— O que está acontecendo aqui?

— Nós detivemos estes vagabundos e a mulher, que ousaram lançar ao rio Okih-chin-cha — informou o professor Bell.

Então, sem dar a menor mostra de surpresa ao nos ver ali, como se houvéssemos nos separado na noite anterior, Athabaska e Algongka aproximaram-se de nós e ante a surpresa geral, inclinaram-se diante de minha esposa e beijaram-lhe a mão.

Depois de me saudarem, Athabaska virou-se para os índios ali reunidos e com autoridade respondeu a Bell:

— Não são vagabundos, e sim o senhor Burton, a quem respeitamos e estimamos muito. Aquele que o ofender, nos ofenderá também.

— Athabaska disse bem — corroborou Algongka. — Que ninguém ouse tocá-los.

Summer pareceu ficar aborrecido com a autoridade que os dois professores índios demonstravam e quis recordar-lhes:

— O regulamento proibe aos brancos o acesso à montanha Winnetou.

— E quem fez esse regulamento? — replicou Athabaska.

— Nós, que formamos o comitê!

— E quem nomeou o comitê? Quem lhe disse que podia ditar leis e tentar fazer com que as cumprissem? Vocês formaram o comitê! Vocês mesmos elegeram-se membros do comitê. Mas agora nós examinaremos esta eleição e o regulamento que fizeram.

Athabaska falava com a solenidade de um rei e, a seu lado, as figuras de Okih-chin-cha, Bell, Summer e Evening eram realmente ridículas. Aquele grande homem olhou com dignidade todas as pessoas ali reunidas e continuou falando:

— Este é um lugar de deliberações, no qual iremos decidir o destino da nação vermelha. Quem são os homens que irão decidir isto? Ali vejo vinte lugares, cinco deles mais elevados do que os outros. Para quem são estes lugares privilegiados?
— Para nós, que formamos o comitê — disse o mestiço.
— E os demais?
— Para os grandes chefes que foram convidados para a assembléia.
— Como se chamam estes chefes?

Desta vez foi Summer quem respondeu, nomeando a todos os altos dignatários convidados, entre os quais, naturalmente, estavam Athabaska e Algongka. Mas, ao escutar seu nome, o primeiro interrompeu energicamente:

— Nós dois renunciamos ao posto que nos reservaram. Como se permite o comitê conceder-se um lugar mais elevado que os anciãos e os chefes das nações convidadas? Quem disse que podiam sentar-se em lugares mais elevados do que nós?

Depois destas palavras, colocou as mãos no meu ombro e no de minha esposa, e começou a andar, obrigando a todos os índios que nos rodeavam a abrirem caminho. E então ele se deteve, para acrescentar:

— O maior de todos os erros foi precisamente excluir das deliberações na montanha Winnetou aos caras-pálidas que amam a nossa raça. Nenhum homem pode elevar-se sem a ajuda de outros, e o mesmo ocorre com os povos, com as nações, com as raças. Cubra o quanto quiser o seu Winnetou de ouro e pedras preciosas! Com isso não evitará a vergonha que nos trará sua obra insensata.

Depois, voltando-se para mim, disse:

— Conheço a simpatia que o senhor e sua esposa têm pela raça índia e, no entanto, estou surpreso em vê-los aqui. Sabe o que estão pretendendo fazer?

— Sim, um gigantesco monumento à memória de Winnetou, o grande chefe apache.
— Assim é. Esta idéia ocorreu a Mão-Certeira e Apanachka, que querem fazer famosos seus filhos, pois eles serão os encarregados de erguerem o monumento. Com tal objetivo constituíram este comitê e chamaram todas as tribos de nossa raça. Este assunto vai se tratar com os mesmos trâmites da fundação de uma sociedade de linhas férreas ou de exploração de petróleo. Começaram os preparativos há muito tempo, e com grande segredo. Primeiro tomaram posse desta grandiosa paragem onde estamos, e chamaram a montanha de Winnetou. Querem fundar aqui uma cidade, que irá se chamar Winnetou-City e só poderá ser habitada por índios. Levantarão casas, plantarão árvores, e procurarão petróleo por aqui. E tudo isso irá destruir a beleza deste lugar, profanará e manchará todos os ideais de nosso grande Tatellah-Satah. Estão destruindo a montanha para poderem extrair a pedra necessária para este colossal monumento. Até pretendem suprimir a maior maravilha deste lugar, a catarata do Véu, para obter terreno onde edificar estas construções profanas. Provavelmente você não sabia disto tudo. Pois digo que ainda existem coisas piores. Acredita-se que este monumento irá conseguir a união de todas as tribos da raça índia, mas se esquecem que vão conseguir justamente o contrário. Isso está nos dividindo ainda mais, interna e externamente. E a prova já se vê aqui mesmo. Há uma cidade alta e uma cidade baixa. Nesta última acamparam os partidários do monumento, e acima estão os que são contra, entre os quais nós figuramos. E todavia, acima de todos nós, está o indignado Tatellah-Satah, que não se deixa ver por ninguém. Desde que se começou a construir aqui não desceu nem uma só vez, nem permitiu que ninguém subisse para vê-lo. Só trata com os

winnetous, através dos quais se relaciona com o resto dos homens. Anunciamos nossa chegada, mas ele nos disse, por meio de seus mensageiros, que espera ansiosamente a chegada de alguém. Só então, ele disse, sairá de sua casa e se mostrará para aqueles que comunguem com seus sentimentos e vontade.

— E quem pode ser esta pessoa? — perguntou Clara.

— Não sabemos, como também não sabia o winnetou que nos trouxe a mensagem. E estamos impacientes, e desejamos que ele chegue logo. Mas, ainda não sabemos o que os trouxe aqui. Foi por acaso que aqui chegaram?

— Não — eu respondi.

— Não nos disseram que iriam vir para a montanha Winnetou. Ficarão por aqui?

— Sim... Quer dizer, se nos permitirem.

— Com nossa proteção, ninguém tentará nada contra vocês. Peço-lhes que montem sua tenda junto a nossa, na parte alta, se é que compartilham nossa opinião.

— Sim, e aceitamos agradecidos a sua ajuda.

Logo uma gritaria ensurdecedora começou a estender-se por todo o vale:

— Tatellah-Satah! Tatellah-Satah está vindo!

— É possível? — perguntou assombrado Algongka.

Capítulo III

— Mas então... Então chegou a pessoa que Tatellah-Satah esperava!

— Quem será?

Dois cavaleiros aproximavam-se a galope, vindos da cidade alta. Percorriam com olhar inquieto toda a meseta, e ao descobrirem nosso grupo, vieram em nossa direção.

Pouco depois nós pudemos reconhecê-las: eram as duas Achta, a mãe e a filha.

Quando chegaram junto de nós, desmontaram e nos saudaram com uma alegria comovente e quase incompreensível. De repente, Achta, a mãe, começou a dizer:

— Já estamos salvos! Salvos graças a você!

— Sim, Pequena Águia comunicou a Tatellah-Satah a sua chegada. Da torre de vigia nós os observamos. Neste momento, sai de sua alta fortaleza de pedra o maior homem dos amuletos de todos os povos índios, para recebê-los!

E apertou-me as mãos várias vezes, e beijou Clara, causando assombro em Athabaska e em seu companheiro Algongka, que não tiravam os olhos de mim.

Efetivamente aproximava-se um grupo, encabeçado por Pequena Águia, e atrás dele vinha a guarda do homem dos amuletos, montados em cavalos negros, com cobertores de pele de leão prateado. Os cavaleiros eram jovens, todos vestidos com os mesmos trajes que meu bom amigo Winnetou costumava usar. Em lugar de lanças e rifles, traziam unicamente a faca no cinto. De seus ombros pendia um laço, com várias voltas. Todos eles tinham o distintivo de Winnetou no peito. Quando chegaram perto de nós, Pequena Águia apontou nosso grupo.

Tatellah-Satah então adiantou-se, até chegar diante de nós.

Montava um magnífico cavalo branco, cuja crina, trançada, caía até quase o chão. Sua aparência era a de um verdadeiro soberano. Usando um manto azul, cujo tecido parecia haver surgido das mãos de uma princesa, impunha-se por seu aspecto ao mesmo tempo régio e severo.

Trazia a cabeça descoberta e seu cabelo branco, trançado, era uma auréola de majestade.

— Marah Durimeh! — sussurrou em meu ouvido Clara.

Minha esposa tinha razão. Assim usava o cabelo a grande Marah Durimeh, além disso, as feições do ancião lembravam-na extraordinariamente, sobretudo os olhos, grandes e impenetráveis, aos quais nada escapava e em cujo olhar estavam mesclados uma severidade inflexível e uma grande bondade.

Quando começou a falar, senti em meu interior um estremecimento, porque era a voz de Marah Durimeh. Sua mesma inflexão.

— Quem de vocês é Mão-de-Ferro? — perguntou.

Todos ali presentes ficaram mudos diante da figura imponente do ancião. Mas quando ele pronunciou estas palavras, escutou-se exclamar por todos os lados:

— Mão-de-Ferro! Mão-de-Ferro aqui! Não é possível!

— Não! Não é!

Senti o olhar de todos aqueles índios pousarem sobre mim, examinando-me silenciosamente.

— Eu sou Mão-de-Ferro...

A CATARATA DO VÉU

Capítulo Primeiro

O nobre ancião olhou-me com olhos que pareciam fogo e depois, com uma ligeireza quase inexplicável para seus muitos anos, desmontou e veio ao meu encontro.

— Haviam me dito que você estava velho. Não é assim. O sofrimento pode envelhecer, mas não o amor, e eu me sinto unido a você pelo amor, apesar do pouco tempo que o conheço. Seja bem-vindo!

E deu-me um longo abraço, depois do qual, pegando minha mão, disse voltando-se para a multidão que nos rodeava:

— Não os conheço. Eu sou Tatellah-Satah e junto a mim está Mão-de-Ferro. Mas reparem que somos mais do que isto. Eu sou o desejo dos povos vermelhos que, olhando para o Oriente, esperam sua salvação. Ele é o dia que nasce, que passa por terras e mares para trazer-nos o amanhã. Cada homem tem que representar a toda a humanidade e o que fizerem aqui em minha montanha, seja justo ou seja injusto, não o farão por vocês, nem pelo dia de hoje, mas sim para os séculos vindouros e para todos os povos da humanidade.

Voltando-se para mim, disse:

— Monte em seu cavalo e siga-me. Será meu hóspede, o mais querido que pode haver para mim. O que é meu, é seu também.

— Mas eu não venho só — atrevi-me a responder.
— Eu sei. Apresente-me sua esposa, a qual meus vigias disseram ser um raio de sol, e traga-me seu cavalo. Traga também os seus amigos.

Levei Clara, que estava visivelmente emocionada, até ele. Tatellah-Satah beijou-a na face e disse:

— Monte em seu cavalo. Eu a ajudarei.

Max havia se apressado em trazer o cavalo de minha mulher. O ancião guardião do grande amuleto ajeitou ele próprio o estribo e ajudou Clara a montar. Depois disto, também Max recebeu um bondoso aperto de mãos e o convite para reunir-se conosco.

Antes que Tatellah-Satah tornasse a montar, julguei conveniente apresentar-lhe nossas amigas, as duas Achta, assim como Athabaska e Algongka. Imediatamente ele ganhou o afeto dos quatro pela maneira bondosa com que os acolheu. Subiu depois em seu cavalo e iniciou a marcha até onde esperavam seus companheiros, os quais uniram-se a nós.

Assim atravessamos a cidade alta, sob o olhar curioso de seus moradores.

Quando deixamos para trás a plataforma da montanha Winnetou, apareceu diante de nós a enorme montanha, formando uma ampla e elevada porta rochosa, que dava acesso ao maciço.

— Antes de ir à minha fortaleza, quero mostrar-lhes algo — disse Tatellah-Satah. — Refiro-me à Catarata do Véu, única em beleza, como tantas outras coisas que existem aqui e que não existem em nenhuma outra parte da terra. Primeiramente mostrarei o que chamamos de Ouvido do Diabo.

Não disse nada quando o escutei pronunciar aquele nome, mas lancei um olhar para minha esposa, recordando o que havíamos descoberto em nossa longa viagem até a montanha Winnetou, quando passamos pelo Púlpito do Diabo.

Continuamos nosso caminho, mas o que vimos era tão imponente, que detivemos nossos cavalos, esmagados por tamanha grandeza.

— Esta é a maravilha da qual eu lhes falei. A catarata do Véu — disse o ancião, visivelmente emocionado.

Daquele ponto via-se uma grande extensão do lago do Segredo ou do Amuleto. De sua margem, a rocha cortada a pico, dava lugar a duas cataratas que caíam de ambos os lados da montanha Winnetou, para unirem-se logo e formarem o rio Branco, mas aquela água não ia toda para o lago, formava também uma catarata, a catarata do Véu.

Enquanto o lago formava a parte frontal das duas estreitas cataratas, em sua parte posterior havia outra tão larga como jamais poderíamos suspeitar. A linha de desague era perfeitamente horizontal, e a água caía repartida por igual, formando uma superfície plana como um espelho, até o fundo do vale.

Aquela catarata tinha uns cinqüenta metros de altura. Sua uniformidade não era interrompida em ponto algum, e como abarcava toda a amplitude do vale interior, pode-se imaginar a impressão que causava seu formidável aspecto. Ao chegarmos ali, o sol estava já muito alto e seus raios caíam quase que verticalmente sobre a superfície da água, refletindo-se de tal modo que dava a impressão de ser ouro líquido.

Aquilo era maravilhoso, mas o que mais nos surpreendeu foi ver que a água não caía em um lago, nem em outro depósito, e sim desaparecia na terra.

— Onde sai esta água?

— No vale da Caverna, a cinco horas de cavalo daqui.

Isto me interessava muito, pois recordei que o vale da Caverna era onde pretendiam ocultar-se Kiktahan Shonka e seu aliado, para surpreenderem os apaches. No entanto, ante aquela maravilha da natureza, tentei

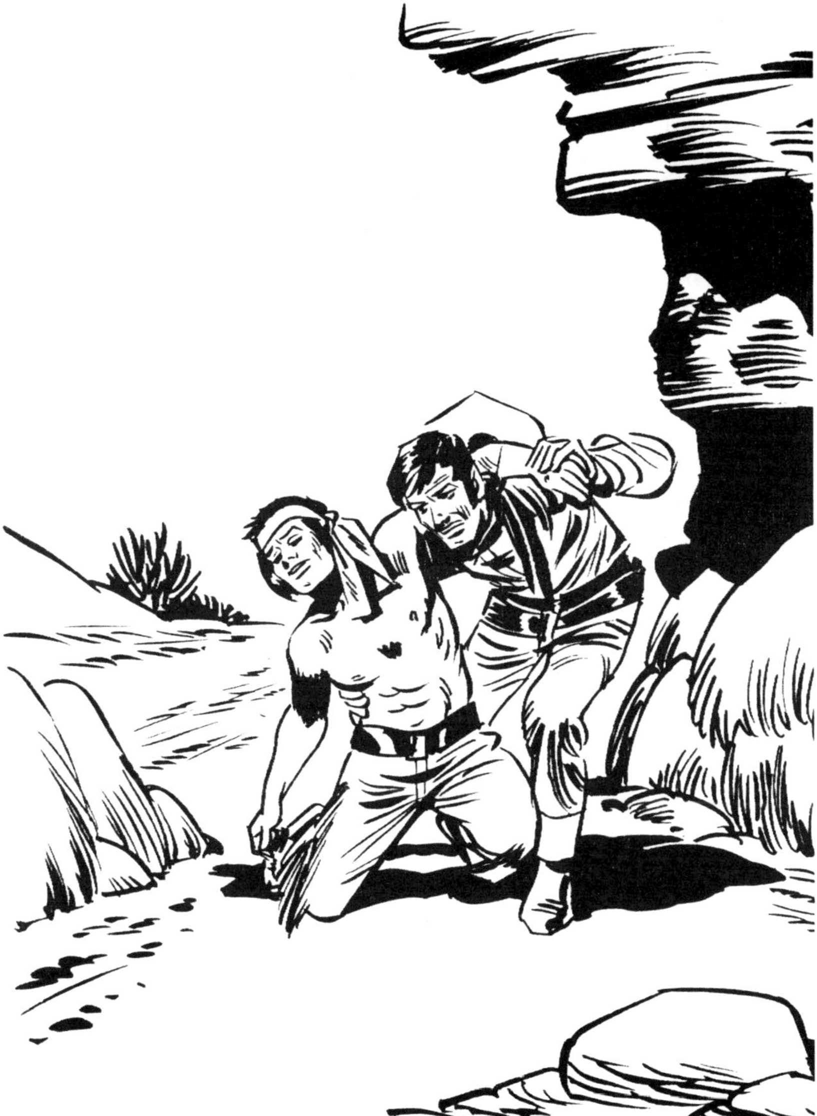

esquecer todas as minhas preocupações e deixei que o ancião continuasse me falando daquela maravilha da natureza.

— A esta hora do dia, a catarata parece que está tecida de ouro e pedras preciosas, mas não justifica seu nome de catarata do Véu. Já verá, de noite, sob a luz da lua, porque tem este nome. Este vale transforma-se em algo indescritível, em algo que tem mais de sagrado do que de terrestre.

Mas ao dizer isso, nos mostrou a obra em andamento, encravada a pouca distância, diante da catarata, e que parecia destinada a destruir o encanto daquela maravilha.

Capítulo II

A parte construída daquela obra parecia ser a base, com dez enormes degraus, tão largos e altos, que cada um deles pesaria mais de mil toneladas. Sobre aquele pedestal levantavam-se dois andaimes por entre os quais se podia ver a parte inferior da colossal estátua. Uma perna até o joelho e a outra pela metade.

Minha esposa ficou indignada ao ver aquilo:

— Que profanação! Pôr esta terrível obra humana justamente diante dessa maravilha de Deus! Quem pensou em tal desatino?

— Quatro pessoas. Mão-Certeira, Apanachka e seus filhos.

— E essa figura enorme vai representar Winnetou?

Tatellah-Satah balançou a cabeça afirmativamente, mas foi o jovem Pequena Águia quem disse:

— Sim, ainda que queiram instalar o monumento definitivo no alto da montanha. Este aqui é apenas uma prova. Se der bom resultado, irão executar o plano completo. Para uma obra colossal como esta, precisam também de recursos colossais. Com o objetivo de conseguirem estes recursos, precisam despertar o entusiasmo de outras tribos. Mão-Certeira e Apanachka estão, por enquanto, construindo isto às suas expensas, mas para executarem a obra definitiva, contam com os donativos de todas as nações vermelhas. Uma vez construída aqui esta estátua, ela irá ser iluminada com lâmpadas à noite. Contam também com o efeito grandioso da catarata do Véu.

— E como consentiram este absurdo? — quis saber minha esposa.

Tatellah-Satah negou prontamente:

— Eu não! Mas me deixaram só. Não podia fazer outra coisa senão esperar. E agora chegou quem eu esperava, e então, eu lhe faço a mesma pergunta: irá consentir isto, Mão-de-Ferro?

— Mas, eu tenho alguma influência sobre seu povo, sobre sua raça?

— Sim, tem. Além disso, preciso de seus olhos, seus ouvidos, suas mãos e seu coração! Se me der tudo isto, e a enorme experiência que tem sobre nós, conseguiremos!

— Ofereço-lhe meus olhos, meus ouvidos, minhas mãos e meu coração. Eu o ajudarei!

— Obrigado, Mão-de-Ferro, e pela segunda vez neste dia, dou-lhe as boas-vindas. Será meu hóspede.

Voltamos para o caminho em forma de ferradura, e ali Pequena Águia nos disse, ao passarmos em frente a um elevado pico:

— A este pico devo meu nome. Ali há um ninho de águias.

O velho Tatellah-Satah completou a informação, dizendo:

— É verdade. Ali Pequena Águia subiu quando não era nada mais que um menino. Queria buscar seu nome e seu amuleto no ninho da grande águia de guerra. Mas a correia que o sustinha na sua subida rompeu-se, e ele caiu no ninho. Matou duas pequenas águias que ali estavam. Quando a mãe chegou, lutou contra ela e agarrando-se em suas patas a obrigou a baixá-lo no vale. Agora lhe servem de adorno suas garras, suas penas e seu bico, que são seus amuletos. Deste então ele chama-se Pequena Águia. Eu sou seu padrinho, pois quando a águia o trazia, eu estava na porta da minha casa, e ele caiu aos meus pés.

Aquilo parecia até coisa inventada e, no entanto, era bem real. Pequena Águia havia se adiantado e não pôde escutar as últimas palavras do ancião. Nós pedimos a Tatellah-Satah que nos desse mais detalhes, mas ele parecia cansado de falar.Continuamos nosso caminho, sempre em direção ao este, dando a volta na montanha Winnetou.

Então, por cima das tendas que constituíam o improvisado acampamento, apareceu uma torre de vigia. O ancião indicou que aquele seria o meu alojamento.

A fortaleza constituía por si só uma cidade de pedra, na qual se via a ação de milhares de anos. Ali estavam representados todos os estilos da construção americana, desde a simples caverna dos primeiros povoados, até a fortaleza dos peruanos, a casa de assembléias dos astecas e as tendas de pedra dos povos do Norte. Também podiam se ver construções de pedra e adobe que, como soube mais tarde, destinavam-se a armazenar as provisões e nos quais se guardavam, desde tempos imemoriais, grandes quantidades de trigo e alimentos que permaneciam inalteráveis.

Viam-se muros com as maiores pedras que eu já havia visto na vida. Passamos por entre cabanas e casas, que apoiadas na parede de rocha e como vestígios petrificados de outros tempos, olhavam para baixo, a cidade alta e a cidade baixa, onde os pequenos homens do presente esforçavam-se por chegar a serem maiores. Mas por mais sincero que seja o meu amor à raça índia e meu veemente desejo de poder contar dela só as coisas nobres, elevadas e boas, não tenho mais remédio senão render culto à verdade e confessar abertamente que, apesar de sua aparente grandiosidade, todas aquelas construções me pareciam tão pequenas e tão sem espírito, que nem me causaram assombro, nem sequer me produziram alguma impressão. Viam-se poucas janelas. Não havia indícios que mostrassem desejo de ar puro, de espaço aberto. Entre todos aqueles edifícios, nenhum se destacava sobre os demais, como acontece com as igrejas, ou mesquitas em outros povoados, como conheci durante minhas incessantes viagens.

Mesmo a torre de vigia não era propriamente uma torre, e sim uma casa quadrada, pouco elevada, com telhado plano. Os índios não têm torres, nem cúpulas, não tendo sabido interpretar o símbolo de suas gigantescas árvores milenares. Do mesmo modo, seu espírito também não havia se elevado, e permaneceu, apesar do transcurso do tempo, no mesmo nível intelectual e moral, até o ponto de terem o perigo de serem esquecidos pelos outros povos.

A CASA DE WINNETOU

Capítulo Primeiro

A penosa impressão que a fortaleza produzia amorti-zou-se um tanto pelo fato de estar muito povoada. Por todas as partes haviam pessoas, observando atentamente qualquer movimento que fizéssemos.

Os homens estavam vestidos como Winnetou sempre havia se vestido. As mulheres tinham um aspecto limpo e inteligente. Não se viam rostos indolentes que se encontram entre os índios, nem tampouco a expressão de muda e resignada queixa ou da triste melancolia própria da raça. Eles riam e brincavam entre si, e todos saudavam respeitosamente ao ancião Tatellah-Satah.

Desmontamos no pátio central e Tatellah-Satah nos conduziu ao interior da casa, sem permitir que ninguém mais nos acompanhasse, o que senti por causa de meu bom amigo Max, que teve que cuidar de nossos cavalos e mulas. Subimos ao primeiro andar e entramos em uma sala muito espaçosa, no centro da qual seis enormes ursos sustinham uma mesa, sobre a qual havia uma dezena de cachimbos da paz, com todos os seus acessórios. Naquela sala recebiam-se os hóspedes normais. Seguimos pelo interior da casa, através de outras salas, até que nos encontramos numa que tinha uma cortina de couro, repuxada de modo esplêndido.

— Entrem e sentem-se. Já voltarei num instante.

Aquela habitação era uma espécie de santuário, conservado até o mais ínfimo dos detalhes. Duas clarabóias permitiam que a luz entrasse, iluminando o interior, decorado com ricas peles de castor branco e de perdiz branca da pradaria, ambos animais raríssimos. No chão haviam quatro peles de búfalo, brancas como a neve, servindo como assentos. No centro, quatro cabeças de jaguar sustinham uma grande concha polida, feita da argila sagrada do Norte. Na concha havia um *calumet*, que no mesmo instante reconheci.

— O cachimbo de Winnetou!
— Está certo disso? — perguntou minha esposa. — Passaram-se tantos anos.
— Tenho absoluta certeza. Não o confundiria jamais e muitas vezes fumei nele!

Minha mulher foi pegá-lo, mas eu a adverti:
— Não toque nele! Este é um lugar sagrado, no qual, até os amigos como nós, temos que nos conduzir com extremo respeito.

Naquele momento, Tatellah-Satah regressou, já sem o manto, e usando uma roupa de couro comum.

A primeira coisa que fiz foi levar Clara para assentar-se. Ele reservou para si o lugar central, colocando-nos à sua direita e ficando Pequena Águia à sua esquerda.

— Meu coração está profundamente comovido e minha alma luta com as dores dos tempos passados. A última vez que aqui se fumou o *calumet*, foi uma despedida. Onde está sentada nossa irmã branca, estava sentada Nsho-Chi, a linda filha dos apaches, a esperança de nossa tribo. Aonde está agora Mão-de-Ferro, sentou-se seu irmão Winnetou, meu preferido, a quem ninguém conhecia como eu. O lugar que ocupa agora Pequena Águia foi onde ficou Inchu-Chuma, o sábio e valente pai deles. Havia vindo despedir-se de mim. Nsho-Chi queria ir para o Leste, para as cidades dos caras-pálidas, para chegar a ser um deles. Em meus olhos haviam lágrimas. O objeto de nossos desejos e esperanças nos abandonava, porque seu amor já não nos pertencia. Foi aquele um dia triste. Lá fora um temporal desaguava e em minha alma reinava a dor. Foram-se, e Nsho-Chi não voltou nunca mais. Ela e seu pai foram assassinados. Só seu irmão Winnetou regressou. Eu me enfureci com ele, e reprovei amargamente a conduta daquele pelo qual a filha de nossa raça havia se separado de nós. Então, Winnetou depositou seu *calumet* nesta concha e jurou que não voltaria a tocá-lo até que eu permitisse que seu irmão branco Mão-de-Ferro aqui viesse, para fumarmos juntos o cachimbo da paz. Winnetou voltou muitas vezes a esta casa, viveu e trabalhou durante muito tempo neste monte, mas não entrou nesta casa nem ninguém o voltou a fazer. Só seu juramento o habita, e esperou aqui um longo tempo. Quando Winnetou morreu, minha cólera contra seu grande amigo branco Mão-de-Ferro aumentou. Até que vi chegar dias mais claros e a voz da vida me fez pensar.

Fez uma pausa, que ninguém ousou interromper, até que acrescentou:

— Nos últimos anos ouvi falar muito de Winnetou e seu irmão branco Mão-de-Ferro. Reconheci por fim que os dois tinham as mesmas idéias. Por isso chegou o dia que eu mesmo escrevi a Mão-de-Ferro, pedindo-lhe que viesse para salvar a memória de seu irmão Winnetou, a qual pretendem difamar com este monumento. É um ato terrível, que trará a guerra entre os homens vermelhos.

Tatellah-Satah aproximou-se da janela, ao escutar gritos de boas-vindas que subiam da cidade.

— Chegaram mais chefes. Assim indicam as penas de águia que trazem.

Voltou ao seu lugar e continuou seu monólogo:

— Estou muito contente que Mão-de-Ferro tenha vindo ajudar-me nesta tarefa. Juntos fumaremos esse *calumet* e ele então saberá que agora eu o amo tanto quanto o odiei.

Pegou o cachimbo e o encheu, tragando então seis vezes, e soltando a fumaça nas quatro direções, pronunciou as palavras do ritual. E então passou-me o cachimbo. Eu me levantei e disse:

— Saúdo a Winnetou e vejo o despertar de seu povo. Eu sempre fui seu amigo, e ele sempre foi meu amigo. Assim é ainda hoje, e sempre será.

Dei as seis tragadas rituais e devolvi o *calumet* ao ancião, que o passou para Pequena Águia. Este acrescentou:

— Em toda a extensão da terra, esta é uma época especial. A humanidade eleva-se em direção aos seus ideais e nós, os homens vermelhos, devemos fazer o mesmo. Não ficaremos ao nível do chão. Pequena Águia já sacode suas asas. Quando voar três vezes ao redor da montanha, os homens vermelhos despertarão e vislumbrarão o amanhecer que nossa raça merece.

Uma vez terminada aquela solene cerimônia, Tatellah-Satah conduziu-nos a uma grande sala. Ali estava um índio de proporções gigantescas:

— Este é seu criado Inchu-inta (Olhos Bondosos), que os levará ao alojamento que destinei para vocês. Só peço que hoje sentem-se à minha mesa, e logo ficarão livres para fazerem o que bem quiserem — disse ele, retirando-se então.

Capítulo II

Como disse antes, o criado índio Inchu-inta tinha todo o aspecto de um gigante. Devia ter uns sessenta anos, mas com o vigor de um jovem e um caráter fiel, orgulhoso e nobre.

Guiou-nos através de diferentes casas, até que, ao chegar naquela que nos havia sido destinada, disse:

— Esta é a casa de Winnetou.

— O grande chefe dos apaches viveu aqui? — perguntou minha esposa.
— Sempre que vinha, era aqui que ele ficava.
As paredes daquela ampla sala estavam cobertas por todos os gêneros de armas. Viam-se facas e rifles que eu conhecia de anos atrás, quando ia caçar com Winnetou. O criado nos fez percorrer toda a casa e vi que havia nela alojamento para umas trinta pessoas. Pode o leitor imaginar a emoção com que eu ia entrando naqueles quartos, onde meu bom amigo apache havia vivido longas temporadas. À esquerda estava seu dormitório, que comunicava-se com outra sala, onde Winnetou trabalhava. Cada um dos cômodos da casa comunicava-se com um balcão, onde podia-se gozar a esplêndida vista que a casa oferecia. No dormitório havia um leito de peles extremamente macio e limpo, com algumas vasilhas para lavar-se e beber, e nada mais.

Pendurados nas paredes, vi objetos que reconheci no mesmo instante, porque haviam pertencido a mim. Entre eles estavam dois retratos meus, que eu havia dado de presente ao meu amigo.

Minha esposa a tudo observava.

— O quanto Winnetou devia gostar de você! Tudo isto é comovente!

Continuamos examinando tudo com muita atenção. Clara perguntou então:

— Está tudo tão limpo! Quem cuida disto tudo?

— Eu — respondeu o criado.

— Todos os dias?

— Todos os dias, e desde que Winnetou partiu. Ele dizia sempre que não existe a morte, porque seu irmão branco Mão-de-Ferro assim havia lhe ensinado e eu também creio nisto.

Passou a mão pela roupa de couro que estava pendurada na parede e acrescentou:

— Esta roupa era a que ele usava com mais freqüência. Eu era seu criado, mas ele me chamava de amigo e eu teria dado minha vida mil vezes por ele. Mas Winnetou tinha que morrer, pois não em sua vida, mas sim em sua morte é que despertou a tribo dos apaches e todos os povos vermelhos, abriu-lhes os olhos e ensinou-os a apreciarem o quanto é valiosa a vida de um homem, e por conseguinte, quanto mais preciosa é a vida de toda uma nação, de toda uma raça.

E então, aproximou-se de mim, e com voz suplicante disse:

— Já que foram tão amigos, ocupe seu posto, não só na casa, mas também em meu coração.

Pegando a mão de Clara, pediu-lhe também:

— E você, seja nossa Nsho-Chi, a irmã de Winnetou. Fale para as mulheres que vão reunir-se aqui. Guie-as, não pelas palavras, mas sim pelas ações. Tatellah-Satah é um sacerdote e não um guerreiro, tenha isso em conta. Por isso nosso grande Winnetou tinha tanto desejo de trazer a esta casa seu irmão branco. Nossas esperanças estão depositadas em vocês!

O Monumento

Capítulo Primeiro

A montanha Winnetou está no ângulo meridional que separa o Arizona e Novo México. Os índios que habitavam aquela vasta região não reconhecem nenhum governo. O comitê para o monumento teve a habilidade de dirigir-se ao Congresso dos Estados Unidos, conseguindo permissão para fundar na montanha Winnetou uma cidade, que levaria o nome do herói morto, e também podendo construir ali um monumento àquele que fora o grande chefe da tribo apache, da forma que julgassem conveniente, e fazer todas as construções e instalações necessárias para a execução de tão louvado propósito.

Tendo nas mãos esta permissão, o comitê começou seus trabalhos, sem preocupar-se com outra coisa, e sem que ninguém, nem mesmo a tribo apache, se opusesse, sobretudo tendo em conta que aquilo ia ser erigido em memória de seu grande chefe. Mas por aquela época, nem Mão-Certeira nem o chefe índio Apanachka eram os homens que eu havia conhecido anos atrás. Com suas riquezas e com seus negócios, haviam-se elevado muito acima de seu antigo ambiente, estando mais próximos dos homens brancos do que dos de sua raça.

Eles queriam fazer um grande negócio com aquele projeto e procurar para seus filhos uma celebridade que logo se traduziria não só em fama, mas também em novas riquezas.

Mas o ancião Tatellah-Satah não era homem que renunciasse tão facilmente como eles pensavam, e se no princípio aparentou submeter-se à idéia, não pôde permitir que enchessem de cabos elétricos as cataratas, que profanassem os bosques que seus antepassados haviam considerado sagrados, nem que trabalhassem, de sol a sol, nas pedreiras, uma multidão de índios para arrancarem os grandes pedaços de rocha que necessitavam para o colossal monumento.

Por isso ele formou o clã dos winnetou, e conseguiu levar a muitos espíritos a idéia de que a realização de tal monumento era um pecado contra a mesma pessoa a quem se pretendia enaltecer, já que Winnetou sempre havia sido uma pessoa modesta.

Até o momento de nossa chegada, o sábio e venerado Tatellah-Satah não tinha tido nenhuma entrevista com os chefes índios, para expor-lhes seu ponto de vista. Havia permanecido encerrado em sua fortaleza. Tudo isto ele nos contou enquanto comíamos, ainda que não dissesse uma só palavra de condenação para aquelas disputas e discórdias entre os de sua raça. Sua visão ia mais além disto tudo, e ele sabia que caía quase que exclusivamente sobre ele, tido como justo e sábio, a missão de aproveitar as circunstâncias de tão magna reunião na montanha Winnetou, para falar longamente à todos de sua raça. Uma vez terminada a refeição, e acompanhados por nosso criado, Clara, Max e eu descemos à cidade para dar uma olhada na colossal estátua.

Antes de sair, o nobre ancião aconselhou-me que levasse uma escolta de jovens winnetous, que poderiam ajudar-nos no caso de algum problema.

Não descemos diretamente para a cidade, e sim nos encaminhamos primeiro à catarata do Véu, para admirar de novo aquela maravilha da natureza, e também reconhecer os dois Púlpitos do Diabo. Este último me

interessava de maneira especial. Nosso criado compreendeu minha intenção e disse:
— Eu os conheço e não é certo o que dizem deles. De nenhum lugar do Ouvido do Diabo se escuta nada!
— Por acaso você caminhou por lá?
— Sim, Mão-de-Ferro, por todas as partes. Inclusive, cheguei até onde ninguém se atreve a ir, porque está proibido. E também dali nada se escuta.
— Promete-me guardar o segredo, se nós ensinarmos algo para você?

Pondo a mão sobre o coração, ele disse:
— De tão boa vontade como teria feito com meu amigo Winnetou.
— Pois então, aprenda a escutar. Eu vou lhe ensinar como fazer. Mas, diga-me: conhece o vale da Caverna?
— Perfeitamente.
— E a caverna?
— Também.
— É muito grande?
— Muito grande. Demora-se quase cinco horas a cavalo para chegar até lá. É tão comprida, que termina perto da catarata do Véu.
— Amanhã bem cedo iremos lá. Prepare todo o necessário, mas não diga nada disso a ninguém.

Atravessámos o pórtico de rochas e regressamos à cidade. Agora reinava mais animação que na nossa chegada. Um grupo de cavaleiros vinha em direção contrária à nossa, parecendo ter a intenção de subir à fortaleza. Quando nos viram, vieram ao nosso encontro. Eram Athabaska e Algongka.

Depois de nos saudarem, Athabaska nos disse:
— Iamos à montanha saudar a Mão-de-Ferro, o hóspede dos peles-vermelhas. Quando o conhecemos, não podíamos suspeitar que Mão-de-Ferro, o melhor amigo de Winnetou, fosse o senhor.

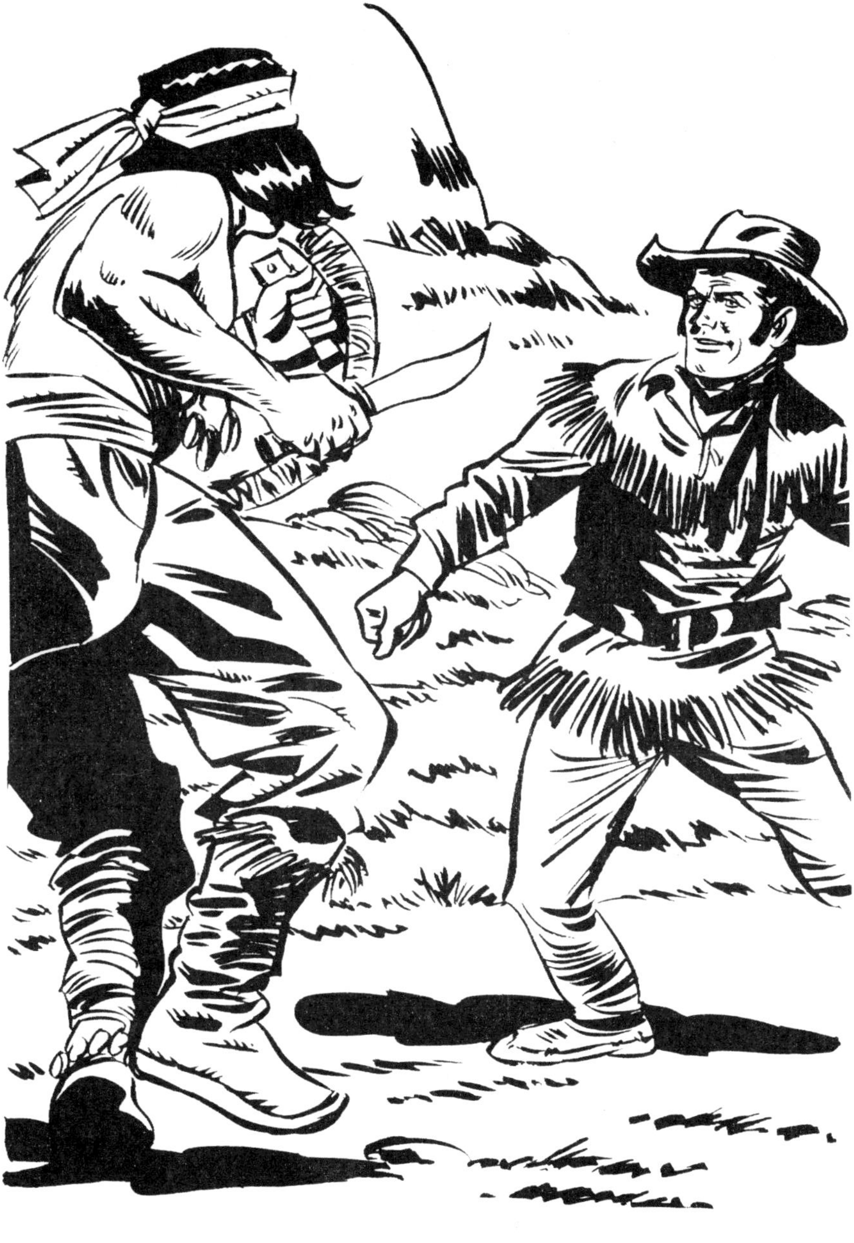

— Devem perdoar meu silêncio. Temi que, se soubessem quem eu era, alguém pudesse se interessar em não me deixar chegar até aqui.

— Se agora Mão-de-Ferro nos der a honra de nos acompanhar, verá amigos e conhecidos dos tempos antigos que estão neste grupo, e que ao saberem de sua chegada, queriam subir conosco para saudá-lo de novo.

Apesar do tempo transcorrido, reconheci no mesmo instante a Wagare-Tey, o chefe dos shoshones, a Schahko Matto, o chefe dos osagas, e a outros caciques, antigos companheiros de tempos já muito distantes. Também estava naquele grupo Avaht Niah, o famoso Cento e Vinte Anos. Naquele momento aproximaram-se dois guerreiros comanches da tribo dos caneos, com o aviso de que eu fosse até a tenda do jovem Mão-Certeira e do jovem Apanachka. Quando chegamos ao acampamento, eles ainda não estavam ali, mas agora desejavam me saudar. Os dois mensageiros me disseram também que os dois jovens ansiavam por mostrar-me sua obra, e eu já ia responder quando Athabaska levantou a mão e me interrompeu:

— Aqui estão Athabaska e Algongka, os chefes dos povos mais distantes do Norte, e também Schahko Matto, o chefe dos osagas, e Wagare-Tey, o chefe dos shoshones. Voltem até lá e digam ao jovem Apanachka que temos que falar com eles.

Capítulo II

Conversamos longamente com aqueles velhos amigos, com os quais nos pusemos de acordo que, para nos opormos à estátua do jovem Apanachka e do jovem Mão-Certeira, antes teríamos que falar com seus pais, ainda ausentes.

Tendo decidido isto, nós nos dirigimos para as tendas onde acampavam as mulheres sioux, para convidar para jantar conosco as duas Achta. Pequena Águia também nos acompanhou no jantar, só faltando o velho Tatellah-Satah, que queria nos deixar na mais completa liberdade para conversarmos com os antigos amigos.

Aquela noite transcorreu de forma agradável, e pudemos até comprovar que Pequena Águia e a formosa Achta demonstravam um crescente afeto mútuo. Minha esposa mostrou-se muito contente com isto, e a mãe da moça, observando o jovem apache, comentou:

— Gostaria que minha filha fosse tão feliz no casamento quanto eu tenho sido.

Eu esperava que, ao chegar à montanha Winnetou, Mão-Certeira e o chefe Apanachka fossem me ver. Mas isso não aconteceu. Na manhã seguinte, recebi uma mensagem deles, dizendo que muito me consideravam, mas em decorrência de suas divergências de opinião com Tatellah-Satah, não podiam me visitar ali. Mas iriam receber-me com muito gosto em suas tendas.

Não quis dar muita importância a estas palavras, que não eram mais do que mostra da distância que havia agora entre nós. Por outro lado, naquela manhã não tinha tempo para ocupar-me com questões pessoais. Tinha que ir ao vale da Caverna, para orientar-me e estar preparado quando ali se escondessem os inimigos dos apaches.

Da janela de nosso quarto vi que Inchu-inta, nosso gigantesco criado, estava nos esperando desde o alvorecer, já preparado. Levava todo o necessário para a expedição, víveres, tochas, ganchos e os animais.

Aquela visita à caverna era para mim de importância extraordinária, mas teria sido difícil explicar os motivos que me impulsionavam. Posso agora dizer que mais tratava-se de um pressentimento do que de uma idéia evidente e clara. Desde o momento em que vi como desaparecia na terra a catarata do Véu, e fiquei sabendo que a caverna chegava até as imediações desta, pressenti que isto iria desempenhar um papel decisivo no assunto que nos havia reunido.

Para compreender melhor o que segue, recorde-se que a famosa gruta do Mamjute, em Kentucky, alcança, com suas ramificações, a enorme longitude de trezentos quilômetros, oferecendo inumeráveis poços, galerias, passadiços, gargantas, salas, grutas, cúpulas, estanques, arroios e cascatas. Eu achava que a caverna da montanha Winnetou seria mais ou menos assim, e depois pude comprovar que não estava equivocado.

O caminho da gruta começava do outro lado da montanha, e seguia o curso do arroio cheio de curvas e voltas, mas sempre em sentido descendente.

Quando já estávamos cavalgando há mais de três horas, chegamos a um riacho, cujas águas claras denotavam que procediam de um terreno rochoso. Inchuinta apontou então:

— Esta é a água que sai da caverna. Se a seguirmos, ela nos levará diretamente a ela.

Quando chegamos ao riacho, estávamos no ponto mais plano e baixo de toda a jornada. Dali começamos a subir pela montanha Winnetou, pela parte oposta a que já conhecíamos. Pelo espaço de uma hora seguimos o riacho, através de um vale coberto de pinheiros, às vezes tão espessos que não nos permitiam passar. Naquele formoso vale podiam pastar muitos cavalos, e durante muito tempo. O índio que nos guiava disse então:

— Este é o vale da Caverna.

— E onde está a caverna? — quis saber Clara, sempre impaciente quando se tratava de procurar algo.

— Ao final do vale, no ponto em que se une à montanha Winnetou.

Continuamos avançando. Aquele era o lugar onde pensavam ocultar-se os índios sioux, utahs, kiowas e comanches para deliberarem a forma de exterminar os apaches e seus aliados. Na verdade, o lugar não poderia ter sido melhor escolhido.

Devido a isto, examinei com atenção aquele terreno e, ao fazer isto, encontrei pegadas. Eram de dois cavalos, que estavam na direção oposta à nossa. Certamente vindos da parte alta da montanha. Eram cavalos índios, por isso optei por colocar de sobreaviso o meu grupo, para que seguíssemos adiante, mas com grande cautela e procurando fazer o menor ruído possível. Aquelas pegadas, muito visíveis no chão macio, terminavam no rio, quase ao final da planície.

— Dirigem-se certamente para a caverna — disse Inchu-inta. — Devem conhecê-la.

— E a conhecem tão bem, que vieram através da montanha, sem percorrerem o longo caminho que tomamos.

Capítulo III

Aquelas pegadas nos levaram diretamente à entrada da caverna que queríamos conhecer, e que começava no ponto em que o riacho penetrava na montanha por uma abertura muito larga e tão alta, que se podia entrar a cavalo. Diante da entrada havia um espaço em que os fragmentos de rocha desprendidos da montanha, haviam tornado impossível toda e qualquer vegetação.

Ao chegarmos ali, avistamos os dois cavaleiros que procurávamos. Haviam desmontado e estavam deitados de bruços no chão. Olhavam para um objeto branco, que parecia um papel ou coisa semelhante. Seus cavalos estavam ali perto, pastando. As selas, com algumas bolsas, pacotes e os rifles, estavam a seu lado.

Procurando não sermos vistos, fomos nos aproximando o mais possível.

Minha mulher perguntou:
— Você os conhece? Eu sim. São os curandeiros dos kiowas e comanches. Não se lembra que nós os vimos na Casa da Morte?
— Está certo! Mas não compreendo como pôde reconhecê-los, se quase não havia luz ali. Não se lembra? Olhe agora! Parece-me que estão estudando um mapa. Vou aproximar-me mais para ver se consigo escutar o que eles estão falando.

Dei as instruções necessárias a Inchu-inta e Max, para o caso deles terem que intervir, e então comecei minha marcha, arrastando-me para não ser visto. Não tive nenhuma dificuldade em aproximar-me deles, porque estavam tão absortos em sua tarefa, que não tinham olhos nem ouvidos para outra coisa senão o que estavam fazendo.

Aproximei-me tanto que, se tivesse esticado a mão, poderia tê-los tocado. O ponto que discutiam era da maior importância, não só para eles, mas para mim também. O que tinha nos parecido um papel, era na verdade um pedaço de couro, liso como seda, escrito e pintado de ambos os lados. Em um dos lados havia um mapa cuidadosamente traçado da montanha Winnetou, com a indicação do local da fortaleza do ancião Tatellah-Satah, e no outro, um desenho detalhado do interior da caverna.

Por sua conversa, soube que o mapa pertencia ao curandeiro comanche, o qual o havia herdado de seus antepassados. Nunca o havia mostrado a ninguém, e agora, impelido pela importância deste objeto, o mostrava pela primeira vez a seu companheiro.

O curandeiro kiowa disse então:
— Está certo o que está escrito aqui?
— Sim — replicou o comanche.
— E acha mesmo que daqui se pode descer até a montanha Winnetou?
— Sim, e a cavalo.

A questão se tratava de que quatro mil cavaleiros iriam usar o caminho subterrâneo da caverna, para atacar os aliados e amigos de Tatellah-Satah, saindo na mesma montanha Winnetou, por detrás da catarata do Véu. Naquele momento discutiam o risco que representava introduzir ali quatro mil cavaleiros. Por isso eles dois haviam se adiantado para examinar a caverna detidamente.

Do meu esconderijo, vi como, por fim, dobravam o mapa com grande cuidado, guardando-o. E aproveitando aqueles momentos de menos atenção de sua parte, enfrentei-os:

— Meus irmãos vermelhos talvez percam um pouco de tempo antes de começarem sua exploração.

Antes que se recuperassem da surpresa, arranquei de suas mãos o pedaço de couro, sem que me opusessem resistência.

— Fico com este mapa, amigos. Vou ajudá-los a procurar a entrada da caverna.

— Quem é você, cara-pálida? Como se atreve a roubar um curandeiro?

— Não roubei ninguém. Se o mapa lhes pertence, eu o devolverei. E agora, acalmem-se. O gatilho de minha arma é muito sensível. Entenderam?

Max, Clara e Inchu-inta aproximaram-se. Quando viu Max, o kiowa apontou a mancha de pólvora em seu rosto e exclamou, reconhecendo-o:

— Um rosto meio azul! É... é...!

Não terminou a frase, porque o outro, olhando-me detidamente, exclamou:

— Você deve ser Mão-de-Ferro! Nosso inimigo!

— Eu não sou inimigo de ninguém, a não ser que me obriguem a sê-lo. Perguntem a seus chefes se alguma vez Mão-de-Ferro não poupou-lhes a vida. Perguntemlhes também se alguma vez eu tive contra eles alguma explosão de ódio. Eu só quero que não ponham em prática idéias que irão desunir e derramar o sangue de suas tribos!

Capítulo IV

Minha ordem foi cumprida, mas com receio nos olhos, eles perguntaram:
— Somos seus prisioneiros?
— Não. Podemos chegar a nos entender...
Naquele momento, o curandeiro dos comanches estendia sua mão para entregar-me sua faca, mas lançou-se repentinamente como um puma sobre mim, com a intenção de esfaquear-me. Esquivei-me o mais rapidamente que pude, empurrando-o. Lancei-o no chão, e Inchu-inta já se lançava contra ele, segurando sua faca, quando gritei:
— Quieto! Não quero derramar sangue!
Max havia prendido o kiowa, e em poucos minutos, ambos estavam bem amarrados e não podiam fazer nem um só movimento. Sentamo-nos então junto a eles, e eu peguei o mapa para observá-lo. Então, perguntei ao comanche:
— Avat-tawah, o curandeiro dos comanches, pode dizer-me se tem muitos livros?
— Não os tenho.
— Sabe então Avat-tawah quem os possui.
— Tatellah-Satah.
— E ninguém mais?
— Eu não sei de ninguém mais.
— Pois então não voltará a possuir este mapa, que diz ser seu. Ele pertence a Tatellah-Satah e você o roubou.
— Mentira! Sua língua é mentirosa! — rugiu.

— A sua é mais, e vou provar isso. Este mapa usa palavras e numerais do dialeto pokonchi, uma velha língua dos índios maia. Aqui, neste canto, estão as centenas: Yo-tuc, quer dizer cinco vezes quarenta, ou seja, duzentos. Aqui, neste outro canto, estão as dezenas e unidades, Yuk-laj, sete e dez ou seja, dezessete. Este mapa é, pois, o número duzentos e dezessete de um conjunto de livros. Eu o mostrarei a Tatellah-Satah e comprovarei que isto pertence a ele, e não a você.

— Não o mostre! Este mapa foi mesmo roubado, como bem disse Mão-de-Ferro! Você o tirou de mim! É você o ladrão!

Fechei os punhos ao sentir-me insultado.

— Se quiser continuar com isto, o fará a custa de seus dentes. Basta um golpe e você os cuspirá um a um. E agora, diga-me outra coisa. Onde estão os irmãos Enters?

Ao escutar este nome, os dois mostraram-se surpresos, ainda que se esforçassem por dominar-se.

— Enters? Não sabemos quem são estes!

— Pois então eu vou recordar-lhes quem são eles, meus amigos. São os dois irmãos que prometeram entregar-me a vocês. E como não estamos nos entendendo pelos bons modos, talvez nos entendamos pelos maus modos.

— Que tal se comermos? Estou com fome...

Aquela observação de minha esposa, um tanto fora de lugar naquele momento, esfriou-me a cabeça, o que foi bom, porque se continuasse furioso daquele tanto, poderia ter estragado nossos planos. Ela tinha razão. Era muito melhor esquecermos por alguns instantes aquele assunto, e deixar que os próprios prisioneiros se convencessem de que deviam ajudar-nos. E assim, fomos comer.

A Caverna

Capítulo Primeiro

Logo depois nos preparamos para entrar na caverna. Levávamos tochas e lanternas, e ao revistarmos a bagagem de nossos prisioneiros, vimos com grande satisfação que eles também estavam bem equipados.

Começamos então nossa cavalgada subterrânea, depois de nos cobrirmos bem com mantas, para resistirmos melhor ao frio e à umidade.

Segundo o velho mapa, aquela caverna tinha várias saídas, mas ignorávamos se elas ainda continuavam abertas ou algum desabamento de terra as havia fechado.

Não nos restava outra solução, senão nos aventurarmos.

Nossa ordem de marcha era a seguinte: na frente ia Inchu-inta, que era quem conhecia melhor o terreno. Junto a ele ia um dos jovens winnetous que nos escoltavam, levando uma tocha acesa. Depois vinham Clara e eu, seguidos pelos dois prisioneiros. Fechando a marcha iam Max e os outros winnetous que nos acompanhavam.

O caminho subia de maneira considerável, e às vezes era tão inclinado que os cavalos tinham dificuldade em continuar, escorregando no úmido piso daquela galeria subterrânea. O aspecto daquelas paredes e teto ia mudando constantemente e o efeito que produzia em nós era de contínua surpresa que, em outra ocasião, teria nos feito prorromper em exclamações de assombro.

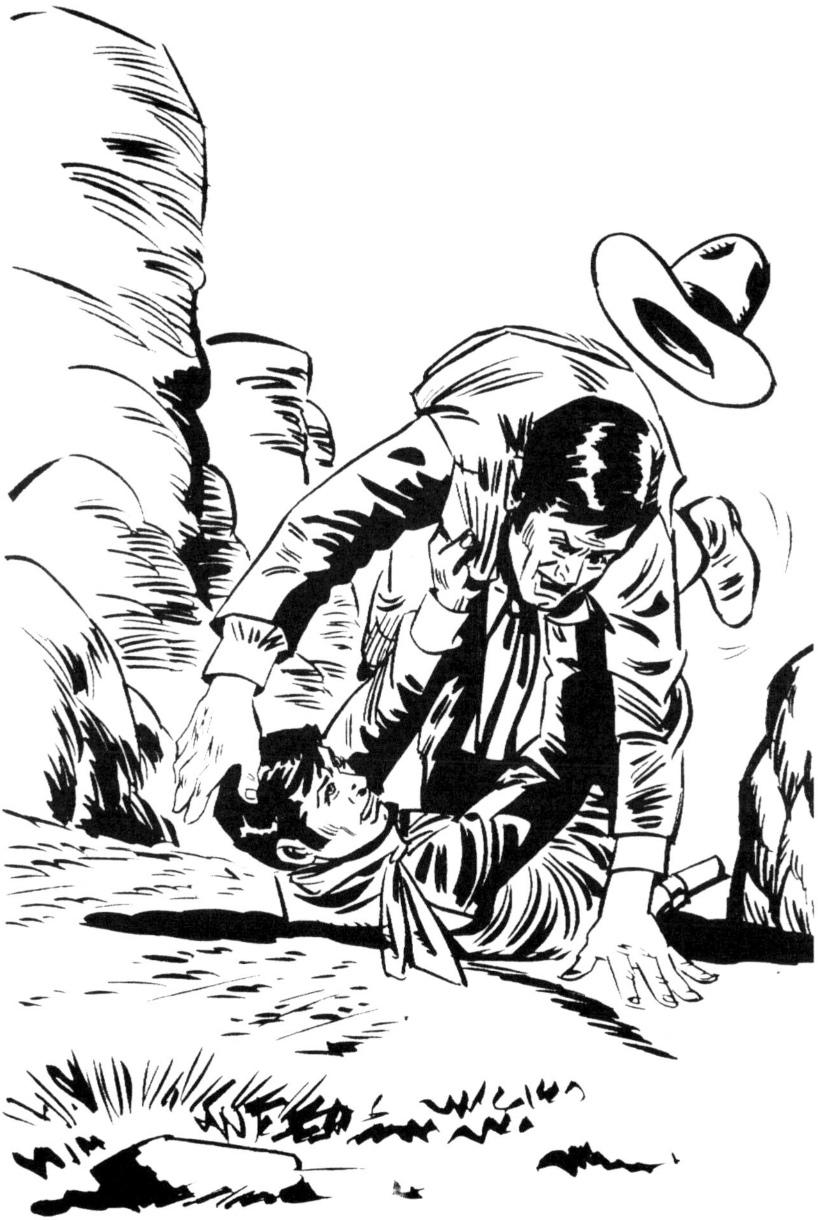

Aquilo era um autêntico bosque de estalactites, que ao unirem-se com as do solo, tomavam formas estranhas e retorcidas.

Assim passamos junto a abismos em cujo fundo escutava-se o rugir das águas. Cruzamos arroios que brotavam por entre as pedras. Chegamos a lugares onde parecia estar chovendo. Vimos cascatas que brotavam de pontos invisíveis. Passamos sob pórticos de rochas, colunas, mirantes e mil maravilhas mais, até que o caminho até então largo, converteu-se numa passagem tão estreita e incômoda, que só poderíamos prosseguir a pé.

Então, Inchu-inta nos disse:

— A partir de agora devemos ir a pé. Não existe saída alguma para chegar atrás da catarata do Véu.

O desapontamento me fez examinar detidamente tudo aquilo, e logo vi que não era a Natureza quem havia fechado a passagem, e sim o homem.

Com efeito. Aproveitando uma série de estalactites que pendiam do teto, haviam sido construídas outras em sentido contrário, e imitando o mesmo material, o que nos impedia a passagem. Forcei uma das falsas estalagmites e vi que ela cedia. Eu a arranquei, e fizemos o mesmo com as restantes, de maneira que em pouco tempo conseguimos abrir novamente o caminho.

Papperman, eu e um dos jovens winnetous seguimos adiante, cada um segurando uma tocha, até que começamos a escutar, a poucos passos, um ruído surdo e distante. Conforme avançávamos, o ruído crescia em intensidade até converter-se num estrondo ensurdecedor, semelhante ao que eu já havia escutado nas cataratas do Niagara.

Por fim, com muitas precauções, chegamos ao ponto em que a parede da direita desaparecia, percebendo-se a partir deste ponto, uma claridade que vinha de cima.

Era a catarata do Véu!

A cortina de água caía pesadamente, formando o riacho que nós havíamos seguido para sair no outro extremo da caverna. O jorro de água produzia uma corrente de ar tão forte, que tivemos que segurar bem os chapéus.

Dei-me por satisfeito ao saber tudo o que queria sobre aquela caverna, e assim regressamos para onde os outros nos esperavam.

Mas de repente, tive uma idéia e, deixando os jovens winnetous continuando com o trabalho de romperem as estalactites, chamei minha esposa:

— Clara, deixe isso e venha aqui. Vamos fazer outra exploração juntos!

Capítulo II

O mapa que eu havia pego do comanche mostrava várias galerias e então pus-me a procurar outra, distinta da que havíamos seguido.

Calculei que estávamos debaixo do lugar em que começava a levantar-se a estátua de Winnetou. Dali, e segundo os croquis do mapa, a galeria estreita se dividia em outras duas ainda mais estreitas. Seguimos em frente até que me dei conta que em um dos lados havia estalactites invertidas em lugar das estalagmites correspondentes. Quer dizer que ali também tinham querido ocultar uma das passagens.

Inchu-inta, que ia na nossa frente, nada notou. Eu também não o adverti, porque aquela galeria oculta conduzia ao Púlpito do Diabo, e eu não queria que ninguém soubesse de sua existência, por enquanto.

A galeria que seguíamos conduzia à fortaleza. E então, chegamos a um ponto em que nos foi impossível continuar adiante.

— Aqui acaba. Não podemos seguir!

— Isso é o que querem nos fazer crer — respondi ao perplexo Inchu-inta. — Mas se tirarmos as estalagmites que ocultam a passagem, veremos como se prolonga mais. Mãos à obra, amigos!

Até Clara nos ajudou e, como não eram muito pesadas, logo conseguimos tirar as estalagmites que nos impediam a passagem. Dali em diante, cessaram como que por encanto a formação de estalactites, e só encontramos salões, cada um maior do que o outro, seguidos de uma galeria artificial que veio a confirmar o que já sabíamos: que a mão do homem havia agido ali também.

Nestas galerias artificiais vimos uns degraus de pedra. Ali o ar era mais seco e limpo, e podíamos respirar com mais satisfação. Não me ocorreu olhar o relógio nem contar aqueles degraus, mas quando já estávamos subindo há cerca de meia hora, o teto da galeria fechou-se de forma brusca e inusitada.

— Agora sim, teremos que voltar — disse Inchu-inta.

Não me rendi. Examinei o teto com atenção e com a ajuda da tocha, até que descobri uma laje de pedra, de uns três palmos de largura. Ela não cedeu quando tentei levantá-la, mas logo descobri duas fendas, feitas sem dúvida alguma para ajudar a levantar a laje. Em uma delas introduzi o cabo da faca, como se fosse uma alavanca e, empurrando com todas as minhas forças, por fim cedeu. Ao enfiar a cabeça naquela abertura, vi uma sala de teto muito alto e com duas portas. As paredes estavam completamente cobertas de passionárias, cujos ramos subiam até o teto, no qual haviam vários orifícios para a entrada da luz. As passionárias estavam em flor, o que podia ser explicado pela época da estação, e pela umidade que havia ali.

Tenho que dizer que a passionária tem mais de duzentas variedades, mas ali só havia duas. Umas pertenciam à família das *Passiflora quadrangularis*, cujas flores, de um tom rosado no interior, alcançam um diâmetro de dez centímetros. Outras eram *Passiflora incarnata*, dei muita importância e, no entanto, depois é que me dei conta de que tinha, e muita.

Logo que a larga galeria ficou completamente livre, nós nos dividimos em dois grupos. Os dois prisioneiros, Inchu-inta, um winnetou e eu, nos encaminhamos para a capela das flores. Os demais, guiados por Max, continuaram a cavalo até a saída da catarata do Véu.

Mas antes de começarmos a caminhada, vendei os olhos dos dois curandeiros, pegando um pelo braço, enquanto nosso criado fazia o mesmo com o outro.

Capítulo III

Quando por fim estava diante da laje de pedra de novo, e já me dispunha a levantá-la, detive-me ao escutar vozes no templo.

A impaciência me consumia, pois Clara havia ficado, e com a maior precaução afastei a laje. Minha esposa não estava ali. Em seu lugar estava o velho Tatellah-Satah, sentado no banco em frente à cruz de flores e ao seu redor, em pé, doze jovens apaches com os distintivos de chefes. O mais velho ainda não tinha quarenta anos, e eram totalmente desconhecidos para mim.

O velho guardião dos amuletos lhes falava com voz muito comovida. Naquele momento, lhes dizia:

— Nosso bom Manitu é maior, milhares de vezes maior do que os homens vermelhos acreditavam até agora. Eles achavam que era só seu deus, e não o Deus de todos os homens que vivem. Se tivessem razão, o quão pequeno seria Manitu, quão pequeno! Só o deus de algumas pobres tribos índias, destinadas a desaparecerem. Olhem esta cruz, é o símbolo daqueles que acreditam num deus mais forte que o nosso, um deus que ama a todos os homens por igual, sem ver neles diferença de raça ou sabedoria.

de flores inteiramente brancas, colocadas em forma de cruz de uns quatro metros de altura.

Nem preciso dizer o quanto me surpreendeu encontrar aquele símbolo do cristianismo naquele lugar, no entanto, não me aventurei a entrar ali, seguido de meus companheiros. Pedi a Inchu-inta que me desse uma explicação de tudo aquilo. O índio ficou pensativo, para então dizer:

— Esta é a capela das flores, na qual reza Tatellah-Satah.

— E para quem ele reza?

— Para quem havia de ser? Ele reza para o bom e grande Manitu.

— Mas o que estou vendo aqui, é a cruz do cristianismo.

— Foi idéia de Winnetou. Dizia que este era o símbolo de seu irmão Mão-de-Ferro, e que apesar de ainda não entender bem o sentido disto, conforme a planta fosse crescendo, seu entendimento também iria.

Aquilo me causou uma emoção profunda, mas achei mais conveniente não me deixar levar pelos sentimentos naquele momento.

— Para onde dá esta outra porta?

— Para o dormitório de Tatellah-Satah.

— E essa outra?

— Para a montanha. Ninguém suspeitava que existisse esta outra entrada por onde nós viemos.

Resolvi então voltar para a caverna, em busca dos prisioneiros e o restante do grupo que nos esperava.

— Levaremos nossos prisioneiros para a fortaleza, usando este caminho, sem que ninguém os veja.

Fechamos a abertura com a laje de pedra e regressamos para junto dos demais. Sentia-me algo cansado e me sentei para descansar, mas poucos minutos depois, notei que algo caía sobre a minha cabeça. Era um pó muito fino, e alguns fragmentos de rocha, aos quais não

Fez uma pausa antes de acrescentar:

— Um homem branco, Mão-de-Ferro, ensinou a Winnetou a amar este deus. Winnetou começou a crer, e quanto mais firme era sua nova crença, tanto mais freqüentemente veio me pedir que chamasse homens brancos como Mão-de-Ferro para que nos instruíssem na nova religião, que tanto bem podia nos fazer. Eu não queria, então, consentir que Mão-de-Ferro viesse até aqui, porque o odiava. Os anos me trouxeram iluminação e, como Winnetou me ensinou, agora não creio em um deus só para as raças índias, mas sim um deus que pertence a todos os homens da terra. Por isso lhes digo que hoje, Mão-de-Ferro irá nos devolver os amuletos que perdemos. Sabem o que isto quer dizer? Que será ele quem irá nos unir no amor, ainda que quiséssemos nos destruir em nosso ódio e que...

Interrompeu-se ao escutar um ruído.

Nossa tocha havia começado a chispar e a soltar fumaça. Todos dirigiram seus olhares para onde nos encontrávamos, mas só Tatellah-Satah levantou-se.

Eu não podia fazer outra coisa senão apresentar-me diante deles, e assim, sem vacilar, saí pela abertura e entrei no templo.

KOLMA PUCHI

Capítulo Primeiro

Com a voz alterada pela surpresa, o ancião exclamou:
— Mão-de-Ferro!
Os chefes apaches, ao escutarem meu nome, também assombrados, começaram a exclamar:
— Mão-de-Ferro! É ele?
— O grande amigo de Winnetou?
— Mão-de-Ferro!
Então, interrompendo suas perguntas, Tatellah-Satah apontou para a abertura no chão e perguntou:
— De onde saiu? Aonde isto vai sair?
Tirei o mapa e o mostrei a ele.
— Por aqui verá de onde eu venho.
Tatellah-Satah logo o identificou:
— O mapa que roubaram de meus antepassados! O quanto buscamos o ladrão! Obrigado por devolver-me isto, Mão-de-Ferro. Mas diga-me, quem estava com isto?
— O curandeiro dos comanches. Logo o verá, porque nós o trouxemos conosco.
A uma indicação minha, trouxeram os prisioneiros.
Os apaches reconheceram no mesmo instante os dois homens, e de novo as exclamações de assombro se fizeram escutar. Inclusive, tive necessidade de tampar a abertura, devido ao tumulto que estava se formando, pois não queria correr o risco de sermos descobertos.

O ancião deu então instruções ao nosso criado para que levasse os dois prisioneiros para um lugar mais seguro. E já se dispunha a abrir a porta, quando Clara apareceu, correndo para me abraçar. Disse-me que havia saído do templo para investigar um pouco e que não havia se atrevido a entrar de novo, pois havia visto Tatellah-Satah e seus acompanhantes.

Por minha parte, contei-lhes o que nos havia acontecido, mas preferi omitir sobre a descoberta da outra galeria que, certamente, levaria ao Púlpito do Diabo. Um pouco mais tarde Inchu-inta regressou, dizendo-nos que os prisioneiros estavam bem seguros, e que Max e os outros já haviam chegado à fortaleza vindos da catarata do Véu. Decidi então regressar à caverna para investigar um pouco melhor. Max ofereceu-se para me acompanhar. Meu interesse residia sobretudo em chegar até uma terceira galeria que havíamos encontrado em nosso caminho, e que, para não complicar ainda mais a situação, não havíamos investigado. Agora, no entanto, era um bom momento para fazê-lo.

Eu não queria que ninguém mais me acompanhasse além de Inchu-inta, para manter o mais estrito segredo sobre tudo aquilo, e por ser ele homem de confiança de Tatellah-Satah, mas agradeci, de coração, a colaboração do velho caçador.

Para maior compreensão do que tinha previsto fazer, darei aqui uma explicação sobre os pontos do interior da montanha em relação ao exterior. A galeria larga, ia dar no vale da Montanha, atrás da catarata do Véu. A galeria estreita ia dar na parte alta da fortaleza. A ramificação desta última, situada entre as duas que eu ia explorar, devia sair no exterior, entre a catarata e a fortaleza. Eu presumia que ia dar no Púlpito do Diabo, pelo qual havíamos passado quando Tatellah-Satah nos levou para contemplarmos a magnífica catarata do Véu.

Tudo me fazia pensar que aquele lugar estava em comunicação com a gruta. E se não estivesse enganado, interessava-me, evidentemente, manter isto no maior segredo.

Inchu-inta e eu suamos afastando as falsas estalagmites para podermos entrar na terceira galeria. Em um dos intervalos de descanso que tivemos que fazer, escutamos um rumor que nos encheu de alarme. Tínhamos que averiguar o que era aquilo, e pegando as tochas, nos pusemos a procurar.

Chegamos a uma bifurcação, e ali vimos que o ruído era causado pelo lento desmoronamento do teto, e que a rachadura que antes eu havia observado, quando caiu um pouco de pó em minha cabeça, estava se alargando. Era evidente que algo estava se desfazendo por cima daquele ponto, e aquilo era evidentemente perigoso.

Apesar de tudo, continuamos avançando pela nova galeria, que também era em aclive. Como da outra vez, também haviam degraus entalhados na pedra, mas que iam parar, desta vez, diante de um enorme cruzamento de raízes e galhos. Foi trabalhoso, mas conseguimos desbastar aquele emaranhado, que pertencia a um matagal que crescia ali.

Saímos para o exterior. O Ouvido do Diabo encontrava-se à nossa esquerda.

— O que é isto? — perguntou, perplexo, Inchu-inta.

— Algo que irá espantá-lo muito, meu bom amigo. Mas antes, tem que me prometer que não irá contar nada a ninguém, nem mesmo a Tatellah-Satah.

O índio quedou-se pensativo durante um tempo, dizendo por fim:

— Inchu-inta não tem segredos para Tatellah-Satah. Nunca!

— Agora deverá ser assim, para o bem de todos.

— Está bem, confio em você.

— Então, siga-me.

Capítulo II

Avançamos por aquele local plano, com capacidade para milhares de pessoas. Em cada um dos extremos havia uma elevação, para que os chefes ali deliberassem, mas com a particularidade de que um daqueles púlpitos era sagrado, porque, durante muitos e muitos anos, ninguém havia ousado subir ali.

Para um observador superficial, ali só havia elipses com seus focos, uma de cada lado do caminho, mas com um pouco mais de atenção, via-se uma elipse dupla, com quatro focos, dois de cada lado do caminho que, se utilizados convenientemente, podiam dar lugar a diversos fenômenos acústicos, cujos efeitos deveriam parecer sobrenaturais para os incautos índios.

Ao passar por ali, meu olhar foi atraído por uma mudança que havia se operado desde que eu havia passado por ali. A estátua de Winnetou havia avançado em tal proporção que só justificava a grande quantidade de trabalhadores e material que ali havia. A colossal figura estava já construída até a cintura, e os andaimes deixavam adivinhar o tamanho colossal que teria aquele gigantesco monumento.

Quando Inchu-inta viu que eu olhava a obra, e aquele incessante ir e vir de trabalhadores, me disse:

— Trabalham de modo febril, porque adivinham que são muitos os que se opõem a este monumento.

— Deixe que tentem. Nós devemos procurar o nosso monumento. Vá agora ao primeiro daqueles dois púlpitos, e quando chegar lá fale, mas em tom normal. Daqui poderei escutar você perfeitamente. Verá então como irei repetir tudo o que disser.

Inchu-inta olhou-me incrédulo:

— Mas, é possível que possa me escutar? Se eu for até ali e falar, e você ficar aqui... Como minha voz vai chegar até Mão-de-Ferro?

— Por razões naturais e muito normais, e que mais tarde, irei lhe explicar. Agora vá, e não diga o que vai fazer, se no caminho cruzar com alguém.

Separou-se de mim com cara de incredulidade. Eu, enquanto isso, afastei-me para que os trabalhadores não me vissem. Inchu-inta foi subindo até chegar ao ponto que eu havia indicado. E, momentos depois, escutei claramente, de onde me encontrava, sua voz. Esperei um pouco, e então repeti, tão devagar e claramente como ele o havia feito, suas próprias palavras.

— Uf! Uf! — tornei a escutá-lo dizer, como se estivesse do meu lado. — É realmente Mão-de-Ferro quem está falando?

— Ele mesmo — respondi.

— E também me escutou?

— Como agora você está me escutando. Agora, mude de púlpito e do outro, diga-me algo também.

— O que vou dizer?

— O que quiser. Faça-me uma pergunta, e eu a responderei.

— Muito bem! Estou indo para lá.

Também eu mudei para o outro púlpito, observando que ao redor daquele não havia mato, o que tornou minha subida mais fácil. Logo escutei os ruídos dos passos de Inchu-inta, e sua voz chegou claramente até mim, como se não nos separasse aquela respeitável distância.

— Está aí, Mão-de-Ferro?

— Sim, e estou lhe ouvindo bem. Diga-me se pode me escutar também!

— Perfeitamente.

— Pois agora, volte ao outro púlpito, e diga o que quiser. Eu irei repetir.

Tive que esperar um bom tempo, pois as distâncias eram longas. Fiquei onde estava, mas não pude escutar nada. Quer dizer, efetivamente tratava-se de uma

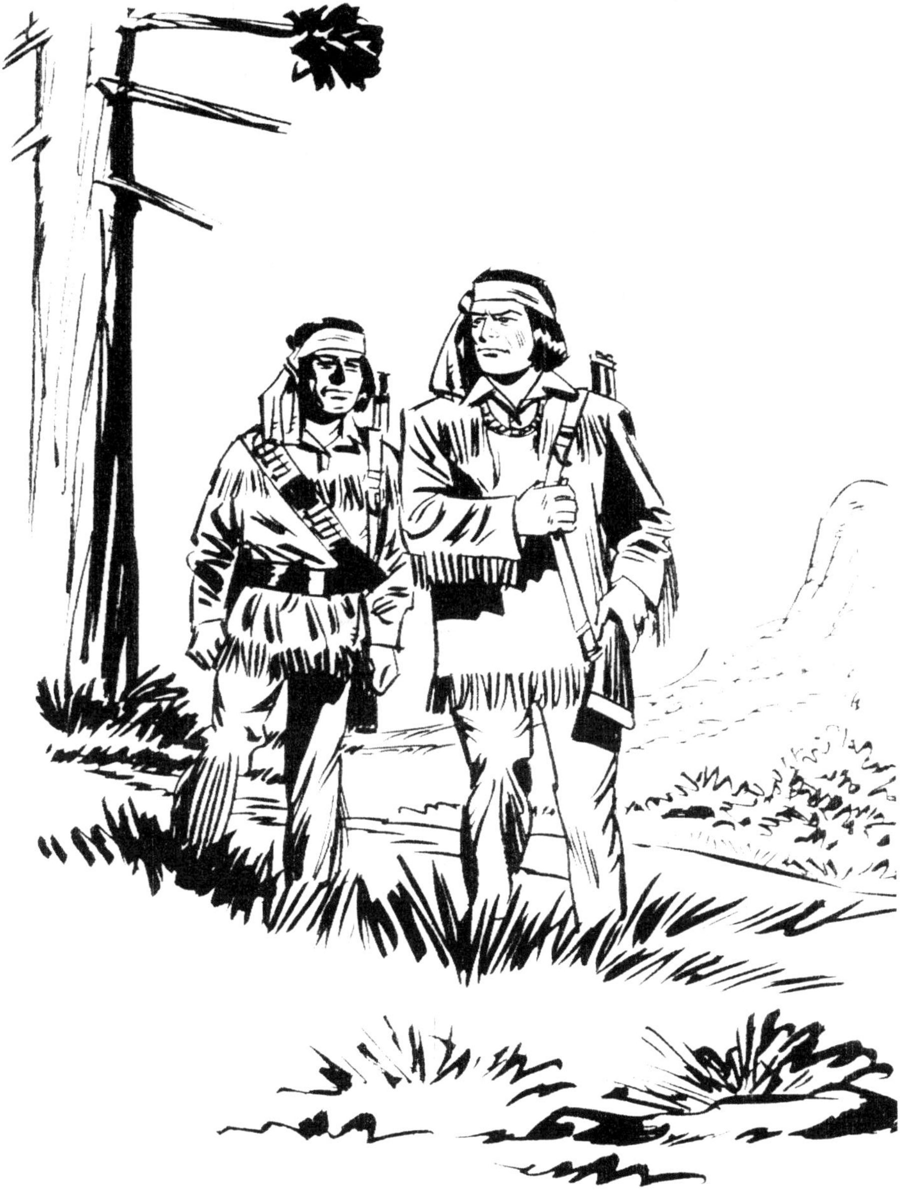

elipse dupla, de onde podia-se escutar ou não, segundo o local que se escolhesse. Desci do púlpito e fui me encontrar com Inchu-inta, que, ao ver-me, disse muito excitado:

— Desta vez não me escutou, Mão-de-Ferro. Ou fui eu quem não pude escutá-lo? Como é possível este fenômeno do qual fala?

— Na fortaleza eu explicarei. O sol começa a esconder-se, e hoje tivemos um dia bem atarefado. E lembre-se, não diga nada disto a ninguém!

O céu estava coberto por nuvens douradas. Retornamos sem dizer uma só palavra. Em uma volta do caminho, voltamos a ver a bela catarata, mas agora, sua natural magnificência estava manchada por causa daquela obra gigantesca. Os andaimes da colossal estátua feriam os olhos. Mas nós continuamos nosso caminho.

Quando cheguei aos meus aposentos, tive uma grata surpresa.

Clara e Kolma Puchi estavam juntas, conversando amigavelmente. Ao ver-me entrar, ela dirigiu-se a mim. E em seu rosto eu vi uma profunda emoção.

Capítulo III

O nome de Kolma Puchi no dialeto moqui significava Olhos Escuros ou Olhos Negros. Pelo brilho de seus olhos, que permaneciam inalterados com o tempo, eu a reconheci, mas seu aspecto exterior havia mudado completamente.

Era bem mais velha do que eu, e seu corpo, tão aprumado antes, agora estava encurvado. Seus cabelos, de um tom grisalho brilhante, estavam unidos em duas longas tranças, enroladas no alto da cabeça. Seu rosto era, no entanto, o que mais havia envelhecido. Cheio de rugas e melancólico, ainda conservava de certa forma sua grande beleza, agora transformada numa enorme dignidade senil.

Olhou-me fixamente e então disse:

— Sim, é ele mesmo! O mesmo Mão-de-Ferro de sempre. Kolma Puchi o saúda! Se é que não me considera uma inimiga sua...

— O fato de pensarmos de forma oposta não nos torna inimigos, Kolma Puchi — eu respondi. — Que você, sendo a avó dos jovens Apanachka e Mão-Certeira, seja partidária de levantar este monumento a Winnetou e nós não, não é motivo para que não conserve minha sincera amizade por você. Peço-lhe que me dê suas mãos, e permita-me beijá-las.

Seu rosto iluminou-se ao ouvir-me falar assim.

— Desça e fale com Mão-Certeira e Apanachka, para que continuem amigos, como o foram em outros tempos.

— Os tempos mudaram e muito, ao que parece. Eles não quiseram subir até a fortaleza de Tatellah-Satah para dar-me as boas-vindas, e eu não posso descer, sendo hóspede de Tatellah-Satah, e seu amigo. Como ditam os costumes dos homens de sua casa, minha cara amiga, a casa daquele que me convida é minha casa, e quem o despreza, despreza a mim também.

— Não, Mão-de-Ferro. Não fale em desprezo, porque nem Mão-Certeira nem o grande chefe Apanachka o desprezam, assim como os meus netos também não. Ninguém pode desprezar Mão-de-Ferro!

— Esta é a sua opinião, mas existem aqueles que me desprezam e odeiam, desejando minha morte. Muitos pediram que eu voltasse, para que neste momento estivesse junto aos meus amigos da raça vermelha, mas ninguém me recebeu, ninguém me saudou, nem me deram as boas-vindas. Só o nobre ancião Tatellah-Satah.

— Eu também estou lhe dando as boas-vindas, meu grande amigo — disse a índia.

Clara implorou-me com os olhos que me mostrasse amável com aquela velha mulher, que tanto havia sofrido em sua vida e por isso, mudando de tom, disse:

— Rogo a Kolma Puchi que diga a Mão-Certeira e a Apanachka que amanhã eu os espero, em meus alojamentos.

Seu rosto adquiriu uma expressão severa ao dizer:

— E acha mesmo que meus filhos virão?

— Se não vierem, considerarei isto como uma prova de enorme desprezo com relação à minha pessoa.

— E seria capaz de virar as costas para aqueles que foram tão seus amigos?

— Um amigo que me ofende, é pior que um inimigo. Se não vierem, declararemos a guerra, e todo o seu comitê que vá para o inferno, pois nós escolheremos outro mais digno. Winnetou era chefe dos apaches, e então, cabe aos apaches decidirem qual é o melhor modo de honrar sua memória.

— Quando Mão-de-Ferro profere uma ameaça, é como se já a tivesse cumprido. É isto o que pensa, realmente?

— Sim, Kolma Puchi. Para que viveu Winnetou? Para fazer a fama de um escultor e um pintor? Para que gente sem escrúpulos peça ouro a todas as tribos para levantar esta estátua? Para dividir ainda mais a raça índia, com invejas e rancores? Nessa estátua que pensam levantar, está a alma de Winnetou? Eu vi os projetos, e sei que o vão representar como um feroz guerreiro, cheio de orgulho e força. E Winnetou não era assim!

Então, dirigi-me à minha esposa e pedi que ela tirasse de nossa bagagem um retrato que havia feito de Winnetou, em uma de suas idas à Alemanha. Ali só se via um homem índio, de coração nobre e olhar sereno. Nada mais.

— Esse foi Winnetou! Olhe bem para ele, e diga isto a seus filhos e netos!

— Acalme-se, e não fique assim! — rogou-me Clara.
— Está quase chorando, sem ter culpa alguma do que se passa!

Kolma Puchi cravou seus penetrantes olhos negros naquela fotografia. Em seu rosto desapareceu a dureza e refletiu-se a alegria. Notava-se que em seu interior havia brotado algo maravilhoso e radiante, que não compreendia nem sabia explicar. Então a cortina da porta levantou-se e Tatellah-Satah entrou. Ao ver a imagem do amigo morto, exclamou:

— É Winnetou! O Winnetou real!

Seus cansados lábios vacilaram alguns instantes, como se falasse consigo mesmo, até que disse novamente:

— Sim, é ele... Se pudéssemos mostrar ao nosso povo como nós o vemos aqui! Se pudéssemos erigir um monumento que só representasse sua alma!

Kolma Puchi então falou:

— Transmitirei seu convite e espero que as pessoas que deseja ver, venham.

E depois disso saiu.

O TESTAMENTO DE WINNETOU

Capítulo Primeiro

Aquela noite, Clara deitou-se às três da madrugada, mas às cinco já estava de pé, ocupada com os preparativos da excelente comida que pensava em oferecer aos nossos convidados. Enquanto isso, eu li os manuscritos de Winnetou.

No dia seguinte, Inchu-inta me despertou, dizendo que estavam ali dois homens brancos, que queriam me ver. Aquilo me soou estranho.

— Dois brancos? Mas, eles não estão proibidos de subirem até aqui?

— São amigos do mestiço chamado Okih-chin-cha, do comitê. Ele lhes deu permissão.

— Os irmãos Enters. Certamente são eles.

Aproximei-me da janela. Havia chegado um grupo de uns cem índios, todos eles montados em magníficos cavalos. Devido a distância, não pude distinguir a que tribo pertenciam, mas vi que dirigiam-se ao nosso acampamento. Não pude mais observá-los, porque me lembrei que os irmãos Enters estavam me esperando. Quando desci ao pátio, encontrei-os muito quietos, para não chamar a atenção das pessoas.

Notei que Hariman alegrava-se em me ver, mas que seu irmão Sebulon tinha o mesmo aspecto reservado e taciturno de sempre.

Foi Hariman o primeiro a vir ao meu encontro:

— Deve estar surpreso em nos ver aqui, senhor

Burton. Não podemos demorar muito, porque não queremos que as pessoas daí de baixo saibam que viemos falar com o senhor. Por que não nos deixou saber de sua presença em Água Escura?

— Tivemos que partir. Os comanches ainda estão ali, assim como as outras tribos?

— Não, já estão vindo para cá. Chegarão dentro de poucos dias.

— Quantos homens reuniram?

— Mais de quatro mil.

— E onde irão se ocultar?

— No vale da Caverna.

— Vocês o conhecem?

— Não, mas iremos agora procurá-lo. Mas antes, queríamos falar com o senhor.

— Já soube que esse mestiço, Okih-chin-cha, os deixou subir aqui. São amigos dele?

— Está falando de Antônio Paper? Não... não somos seus amigos, ainda que ele finja que seja nosso amigo. Nós viemos para tratar honradamente com ele, dizendo-lhe tudo o que Kiktahan Shonka nos havia confiado, mas há pouco surpreendemos uma conversa dele com o agente William Evening, e por ela ficamos sabendo que este homem é o maior canalha que pode existir. Kiktahan Shonka, Antônio Paper e Evening queriam utilizar-nos como instrumentos seus, e depois fazer-nos desaparecer, quando já não precisassem mais de nós.

— Disso eu já sabia há muito tempo, Hariman, e até mais. Sei que o astuto Kiktahan Shonka também vai enganar a Paper e Evening, assim como a vocês. Também estes dois estão condenados a desaparecerem, se tudo sair conforme Kiktahan Shonka planeja. Esses chefes índios não querem dividir nada, e sim ficarem com tudo.

— Fomos traídos. O que iremos fazer?

Eu os aconselhei a fingirem que continuavam ami-

gos de Paper, mas que mantivessem os olhos bem abertos, e que me comunicassem tudo o que soubessem.
Antes de partir, o taciturno Sebulon perguntou-me:
— Como está a senhora Burton?
— Muito bem, obrigado.
Ao sair, tiveram que dar passagem a um cavaleiro que eu reconheci logo. Tratava-se do índio que capitaneava aquele grupo de recém-chegados. Ao ver-me, dirigiu-se a mim e com voz imperiosa disse:
— Você deve ser Mão-de-Ferro. Nunca o havia visto até agora, mas sei que é você. Eu sou Wakon, marido de Achta, a quem você já conhece. Estou trazendo os melhores guerreiros da minha tribo.
Inchu-inta pegou o cavalo de Wakon, e nós nos dirigimos ao encontro de Tatellah-Satah, para que ele conhecesse nosso novo aliado.

Capítulo II

Duas coisas me preocupavam. Uma era saber se Mão-Certeira e Apanachka iriam vir realmente, e a outra era a preparação da comida, pois aquela era uma ocasião de crucial importância.
Os últimos convidados a chegar foram Mão-Certeira e Apanachka, acompanhados por seus filhos. Com mostras de sincera alegria, trocamos um longo abraço. Não posso nem descrever minha satisfação, porque compreendi que poderia discutir com eles tudo o que parecia nos separar naquele momento.
Acenderam-se os cachimbos e eu fiz uma saudação, breve mas cordial, a todos os meus hóspedes. E como devíamos dar-lhes a conhecer o motivo real daquela reunião, pedi a Tatellah-Satah que explicasse tudo.
— Eu sou Tatellah-Satah e vocês são a voz de meu povo. Vocês vão falar, e eu escutarei. O mais nobre de

todo o nosso povo foi Winnetou, o chefe dos apaches. Querem erigir-lhe um monumento. O que significa isto? Que se deseja dar uma forma palpável ao pensamento de Winnetou. Alguns de vocês acham que esta forma deve ser de pedra, mármore ou metal, e que deve colocar-se em cima desta fria e isolada montanha. Nós, pelo contrário, pensamos que sua representação não deve ser de matéria inerte, mas sim de sentimentos, do impulso que saia de nosso coração.

Voltou-se então para Apanachka e Mão-Certeira, olhando-os fixamente, para então completar:

— Vocês e seus filhos preferem um Winnetou de pedra. Não quero opinar sozinho se isto está certo ou não, também os demais assim o farão. Estão levantando sua estátua junto à catarata, para que todos possam vê-la e admirá-la, pois bem, nós vamos fazer algo diferente. Faremos que seus espíritos sintam o espírito de Winnetou.

Fez uma pausa, depois da qual pediu a cada um dos presentes que, ao anoitecer, se reunissem em sua casa para um acordo final. E depois disso, ele partiu.

Nós nos levantamos em prova de respeito com o venerável ancião. Depois fomos comer, e Clara nos serviu uma refeição que foi digna deste grande acontecimento.

A conversa tomou em seguida um matiz amistoso e cordial, e contamos uns aos outros o que havia acontecido, durante o período em que estivemos separados. Mão-Certeira e Apanachka me perguntaram muitas coisas, assim como eu perguntei a eles. Assim fiquei sabendo que os dois, há não muito tempo, tinham estado na ferrovia do Pacífico, que certamente percorreria toda a comarca da montanha Winnetou. Era aquele um bom negócio, no qual eles pensavam ganhar muito dinheiro.

Depois do formidável banquete, todos se retiraram para suas tendas. Só ficaram Wakon e sua esposa. Clara propôs-se então a visitar a jovem Achta na torre onde ela trabalhava em um projeto de Pequena Águia. Max também uniu-se ao grupo e, através do bosque, chegamos à morada daquele jovem apache tão inquieto, que se propunha a realizar algo realmente inusitado: voar!

Observamos detidamente o que ele estava construindo. No princípio pensei se tratar de um aeroplano, mas diferente de todos os que havia conhecido até então. Na realidade, tratava-se simplesmente de asas.

Pouco depois regressamos às nossas tendas, para descansarmos até a hora de nos apresentarmos novamente perante Tatellah-Satah.

— As mulheres não podem assistir a esta grande reunião?

— Não creio que ninguém iria atrever-se a impedir-lhes a entrada, pois não se trata de uma reunião de chefes, no sentido estrito, além do que os jovens Apanachka e Mão-Certeira foram também convidados. E onde eles podem entrar, também vocês podem.

E tinha acabado de dizer isso quanto Kolma Puchi entrou, para nos dizer que seus filhos e netos já estavam na casa de Tatellah-Satah, e que devíamos ir para lá, pois todos os seus convidados já começavam a chegar.

No mesmo instante nos pusemos a caminho.

Capítulo III

Quando chegamos à casa de Tatellah-Satah, já estavam todos ali. Iniciamos então o caminho até a capela das flores, onde iria celebrar-se a reunião.

Tatellah-Satah convidou todos, com um gesto amável, a se sentarem, enquanto ele permanecia de pé, pronunciando algumas palavras de saudação e de introdução, nas quais explicou o objetivo da reunião, que era dar-lhes a conhecer o pensamento de Winnetou através dos seus manuscritos, que seriam lidos por mim.

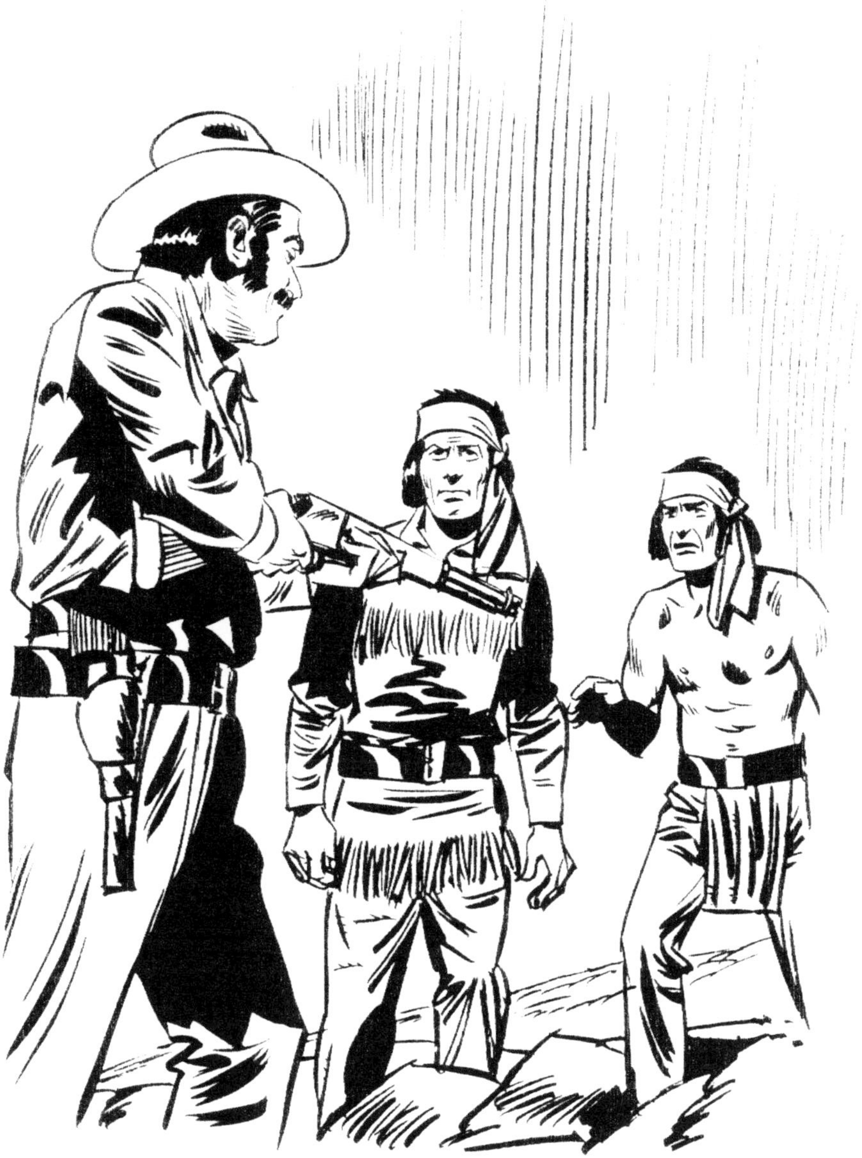

E então comecei a leitura:

"Eu sou Winnetou, chefe dos apaches. Escrevo para o meu povo, e escrevo também para todos os homens. Manitu o grande, o magnífico, estende suas mãos sobre este meu povo e sobre todos os que pensam honradamente nele."

Um silêncio profundo enchia a capela, em sinal de respeito a algo que sabíamos ser excepcional e maravilhoso.

Continuei lendo. Suas palavras elevavam e comoviam a uma só vez. Era a alma de Winnetou, a alma da raça vermelha, jovem e rica em outros tempos. Via-se o desenvolvimento de um espírito sutil e se adivinhava que o destino do índio era o de sua nação. No primeiro caderno que li, Winnetou descrevia sua infância. E em outro, sua adolescência.

Eu, embebido em suas palavras, não me dei conta da figura de um homem, jovem, que sentado na porta, escutava as palavras de Winnetou. Apenas o olhei por uns instantes, antes de voltar para a leitura.

A tensão ao meu redor era grande e aumentava cada vez mais. Todos estavam presos às palavras que eu lia, e ninguém fazia sequer um ruído. Li até a meia-noite, e algo cansado quis parar, mas todos me pediram para que continuasse. Gentilmente Wakon ofereceu-se para substituir-me, e eu aceitei. Começou a ler e o seguiu fazendo até o dia começar a despontar. Então pude ver que o atento ouvinte, sentado na porta, não era outro senão Pequena Águia. Mas já era muito tarde, e eu propus que terminássemos a reunião, para nos reunirmos novamente à noite. Todos levantaram-se em silêncio, talvez porque parecesse uma profanação pronunciar alguma palavra depois do que eu e Wakon tínhamos lido. Só Tatellah-Satah, apontando o horizonte, disse:

— Meus irmãos podem ver que o dia começa. Da mesma forma começa em mim e, se for a vontade de

Manitu, também em vocês, um novo dia, mais jovem e mais bonito do que todos os outros. O grandioso dia da nação vermelha. Não sentem isso também em seu interior? Sentem dentro de vocês a alma daquele cujo testamento nos reuniu aqui, sentem o que ele nos disse e o que ele exige de nós? Sentem como cresce em nosso coração a sua imagem?

Todos assentiram. Até Mão-Certeira e Apanachka. Só seus filhos permaneceram em silêncio. Tatellah-Satah perguntou então:

— Meus irmãos virão aqui hoje à noite?

— Viremos! — afirmou Athabaska, em nome de todos.

E nos separamos então, para irmos descansar. Quando chegamos ao nosso alojamento, Clara me disse:

— Você acredita que realmente sinto dentro de mim uma nova concepção espiritual que antes não sentia?

— E não iria acreditar por que? O mundo espiritual de Winnetou era muito forte, mais do que parecia à primeira vista.

MUITOS DESAFIOS

Capítulo Primeiro

A leitura dos manuscritos continuou diariamente, e tenho que dizer em honra da verdade, que seu efeito foi simplesmente surpreendente.

Dei-me conta de que a medida que os dias passavam, os primeiros a aparecerem eram o jovem Mão-Certeira e o jovem Apanachka, que não pareciam suspeitar as conseqüências de seu interesse. Apesar da natural alegria que nos produzia aquele interesse, Clara e eu fazíamos que não notávamos isto. Eles, por sua parte, e apesar do seu zelo em conhecer a nosso Winnetou espiritual, não deixavam de continuar a toda a pressa a construção da estátua junto à catarata do Véu, que crescia cada dia mais, porque as peças de rocha talhada que iam colocando ali, aumentavam e aumentavam seu volume colossal. Parecia que havia entre eles e nós uma velada luta para ver quem chegava primeiro ao objetivo, porque também nossas reuniões prosseguiam com crescente entusiasmo e solenidade.

Na noite do terceiro dia, depois da visita dos irmãos Enters, Hariman veio à nossa casa. Para que ninguém o visse, havia preferido ir a noite. Eu sabia que ao cair da tarde haviam chegado às imediações da montanha Winnetou novos contingentes, que haviam armado suas tendas na cidade baixa. A julgar pela comoção que tal chegada provocou, pensei que devia haver entre eles

personalidades muito importantes. E o objetivo da visita de Hariman era, justamente, avisar-me disto.
— Sabe quem chegou esta tarde, Mão-de-Ferro?
— Não — respondi.
— Os quatro chefes, seus inimigos, com um séquito de trinta homens. Os outros devem estar no vale das Cavernas.
— Bom, meu caro Hariman, isso não nos surpreende.
— Não, Mão-de-Ferro, mas quem sabe se surpreende ao saber que esta manhã pensavam em desafiá-lo.
Clara interveio em seguida.
— Como disse? Isto é uma vergonha! Quem se propõe a matar meu marido?
— Kiktahan Shonka, Tusahga Sarich, Tangua e Tokei-chum — disse Hariman.
— Que covardes! Os quatro?
— Sim, senhora. A luta será a tiros.
— Não haverá jeito! Quatro contra você, meu amor! E isto, por que?
— Dizem que Mão-de-Ferro tem que cair a todo custo, não só para satisfazerem seus desejos de vingança, mas também para salvar o Winnetou de pedra, porque pensam que seu marido é o único contrário ao projeto com força suficiente para evitá-lo. E uma vez estando ele morto, e com quatro mil guerreiros...

Realmente, os quatro chefes índios haviam concordado em desafiar-me para um duelo de morte, fixando tais condições, que eu não poderia escapar com vida. Mas, no momento, eu não podia fazer nada, até saber quais seriam as verdadeiras condições daquele duelo.

Pida, o filho de Tangua, era o encarregado de vir desafiar-me. No entanto, ele estava inclinado a meu favor, e me ajudaria a driblar os perigos daquela situação. E eu disse isto a Clara, para tentar acalmá-la. E ela então me respondeu:

— A coisa já não é perigosa, mas sim beira o ridículo. Esses quatro malandros não irão se dar bem!
— Não estou entendendo. O que você quer dizer?
— Muito simples. Você é contrário ao duelo, não é?
— Completamente contra!
— Pois bem. Quando esse indivíduo vier desafiá-lo, diga que você é inimigo dos duelos e que não costuma bater-se. E ele não terá outro remédio senão ficar envergonhado de costume tão selvagem!

Não pude deixar de rir, divertido com tão ingênua solução, e então respondi:
— Declararei a Pida que sou contrário aos duelos, e acrescentarei que, apesar disto, estou disposto a bater-me com esses quatro chefes. Não acha que está bom?
— Espero que esteja fazendo só uma brincadeira.
— Estou falando muito seriamente. Considero este desafio uma coisa ridícula, e assim o tratarei, ainda que meus inimigos pretendam que seja algo sangrento. Quando Pida chegar, você irá ver o que vou responder a ele.

Hariman achou melhor advertir-me:
— Os chefes já pensaram em sua coragem e astúcia para sair-se bem deste duelo e, para o caso de conseguir escapar com vida, encarregou a mim e a Sebulon de tirar-lhe a vida... e também a de sua esposa!
— Também a minha? E vocês são tão malvados que aceitaram tamanha barbaridade?
— Sim, senhora, mas só aparentemente. E agora, eu irei lhes dar a prova irrefutável disto, porque fizemos uma espécie de contrato escrito com estes quatro chefes índios, tendo como testemunhas o senhor Evening e o senhor Paper. Vejam só!

Não era precisamente um contrato, mas sim uma nota promissória, com a qual os chefes não só se propunham a enganar os dois irmãos Enters, mas também aos dois que haviam servido de testemunhas, os quais também pretendiam eliminar.

Lógico que não pensaram na possibilidade daquele contrato cair nas mãos de seus inimigos, mas aquele papel ficou comigo quanto Hariman partiu, e eu estava disposto a usá-lo no momento certo.

Capítulo II

Na manhã seguinte apresentaram-se dois kiowas na minha casa, anunciando-me a visita do chefe Pida. Quando os mensageiros partiram, mandei Inchu-inta marcar com todos os assistentes da leitura dos manuscritos de Winnetou, para que chegassem na mesma hora que o chefe kiowa.

Quando eles chegaram, fiz-lhes um breve resumo do que estava acontecendo e expressei-lhes meu desejo de que houvesse a maior quantidade possível de testemunhas no momento do desafio. Pida apresentou-se com um grande séquito, mas não deixei mais ninguém entrar na minha casa além dele, posto que os outros não tinham a categoria de chefes.

Pida não pôde ocultar a surpresa ao ver-me rodeado de tanta gente, mas no entanto se manteve em seu lugar. Eu aproximei-me dele e disse:

— Pida, o chefe dos kiowas, ganhou em outros tempos meu coração. E ainda hoje o possui, mas não sei se ele pensa o mesmo. Que me diga se veio saudar-me como meu convidado, ou se veio como mensageiro de seu pai, o velho Tangua.

— Mão-de-Ferro sabe que Pida sente amor e não ódio por ele. Mas venho como mensageiro de meu pai e seus aliados.

— Pois então, que Pida se sente e fale.

Eu voltei para o meu lugar e ofereci-lhe um assento, que ele não aceitou.

— Pida tem que ficar de pé. Só aquele que é amigo pode sentar-se e descansar. Mão-de-Ferro vê em mim o mensageiro de quatro dos mais bravos guerreiros: Tangua, chefe dos kiowas; To-kei-chum, chefe dos comanches racurros; Tusahga Sarich, chefe dos utahs capotes e Kiktahan Shonka, o mais velho dos sioux. Há muito tempo, muitos verões e invernos atrás, estes chefes se viram na necessidade de procurar que Mão-de-Ferro fosse suprimido da lista dos vivos. Ele conseguiu escapar e ainda vive, mas sua culpa ainda subsiste, não expiou. Ele a esqueceu e também achei que eles esqueceriam. Mas você atreveu-se a vir à terra deles, e pisar num caminho que lhe é proibido. Com isso, entregou-se a eles. Você já é propriedade deles, e tem que morrer. Mas os tempos do poste dos tormentos passou, e os quatro chefes propõem-se a serem bons e nobres com você. Querem dar-lhe a ocasião para libertar-se da morte que merecia. Vim desafiá-lo para a luta. O que me responde Mão-de-Ferro?

Levantei-me para dizer:

— Não só os tempos do poste dos tormentos passaram, mas também o dos longos discursos. O que tenho a dizer é pouco. Nunca fui inimigo de nenhum homem vermelho. Não mereço este ódio. Tampouco piso hoje em algum caminho proibido, nem creio ser prisioneiro de ninguém. Os anos passaram para mim, e fizeram minha mente mais reflexiva. Eu condeno todo e qualquer derramamento de sangue.

Ao escutar isso, minha esposa, que estava ao meu lado, sussurrou no meu ouvido:

— Muito bem, querido! Isto é que é! Prudente e...

Mas ela teve que se calar, porque eu continuei:

— Mas estou disposto a lutar contra eles!

Minha esposa me interrompeu:

— Como? Está louco? Mas se antes você disse que...

Pida então tomou a palavra:

— Mão-de-Ferro continua sendo o mesmo de sempre. Ainda nem conhece as condições e já aceita. Quais são as suas condições?

— Eu não ponho nenhuma condição e aceito as desses homens. Pida pode falar e definir as condições.
— Pedem como arma o rifle. Mão-de-Ferro terá que lutar sucessivamente contra cada um dos chefes. Irá se disparar uma só vez, estando os contendores sentados a uma distância de seis passos. Irá atirar primeiro o mais velho dos dois, e o outro disparará um minuto depois. Irá se lutar até a morte. Se depois dos quatro encontros, Mão-de-Ferro ainda estiver vivo, começará tudo de novo. Estas são as condições. Mão-de-Ferro pode refletir sobre elas.
— Já refleti. Quem dará a voz de fogo?
— O primeiro presidente do comitê.
— Os quatro chefes são mais velhos do que eu e, segundo diz Pida, todos atirarão antes de mim. Está bem, não importa. Onde será a luta?
— Na divisa da cidade alta com a cidade baixa. O campo já está marcado. Começará uma hora antes que o sol desapareça atrás da montanha Winnetou. Duas pessoas por cada um dos contendores, cuidarão para que tudo seja cumprido estritamente. Os quatro chefes designaram William Evening e o banqueiro Antônio Paper. Que Mão-de-Ferro escolha os seus.
— Nomeio a meu amigo e irmão vermelho Schahko Matto, chefe dos osagas, e meu amigo Wagare-Tey, chefe dos shoshones. Eles estarão ao meu lado, e matarão com um tiro ao chefe que, faltando à sua palavra, apontar para outro lugar que não seja o meu coração. Está de acordo, Pida?
— Pida está de acordo com Mão-de-Ferro. Mas Pida quer dizer aqui que não deseja sua morte.
E saudando todos os presentes, retirou-se.

Capítulo III

Todos os que haviam assistido ao desafio de Pida em nome dos quatro chefes índios, cobriram-me de perguntas e recomendações para que eu não aceitasse o desafio. Não compreendiam por que eu estava tão certo de meu triunfo em tais condições.

Só à minha esposa recordei que tinha em meu poder os amuletos de meus inimigos, os quais havia conseguido na Casa da Morte. E aquilo me protegia de tudo.

Nenhum índio se atreve a destruir seu próprio amuleto. Antes preferem a morte. O amuleto do velho Kiktahan Shonka consistia em um cinturão com as patas de um urso. Havia encontrado uma pata nas escadas do Púlpito do Diabo, e agora tinha o seu amuleto completo. Os amuletos dos outros chefes eu desconhecia ainda, por estarem dentro das bolsas de couro costuradas. Pendurei os amuletos de forma que caíssem diretamente sobre o meu coração. Aquela era a única prevenção que pensava em tomar com relação ao singular duelo.

A agitação estava por toda a parte. Todo mundo movia-se de um lado para outro e não se falava de outra coisa. Assim, não estranhei que chegasse aos ouvidos do velho Tatellah-Satah toda esta confusão, vindo ele me ver.

— Irá Mão-de-Ferro duelar?

— Não — respondi tranqüilamente. — Algo acontecerá que irá impedir isto, ainda que eu tenha aceitado o desafio.

— Assim, posso confiar que também irá ler os manuscritos de Winnetou esta noite?

— Sim. Confie em mim!

— Eu confio, mas Tatellah-Satah estremece ao pensar que pode morrer.

E apertando minhas mãos carinhosamente, partiu. Em uma ocasião tão solene quanto aquela, considerei ser minha obrigação colocar meu traje de chefe, além de carregar meu rifle de repetição, mesmo achando que não iria precisar disparálo.

Clara meteu em seu bolso os quatro amuletos, desejando participar de qualquer modo daquele duelo. Quan-

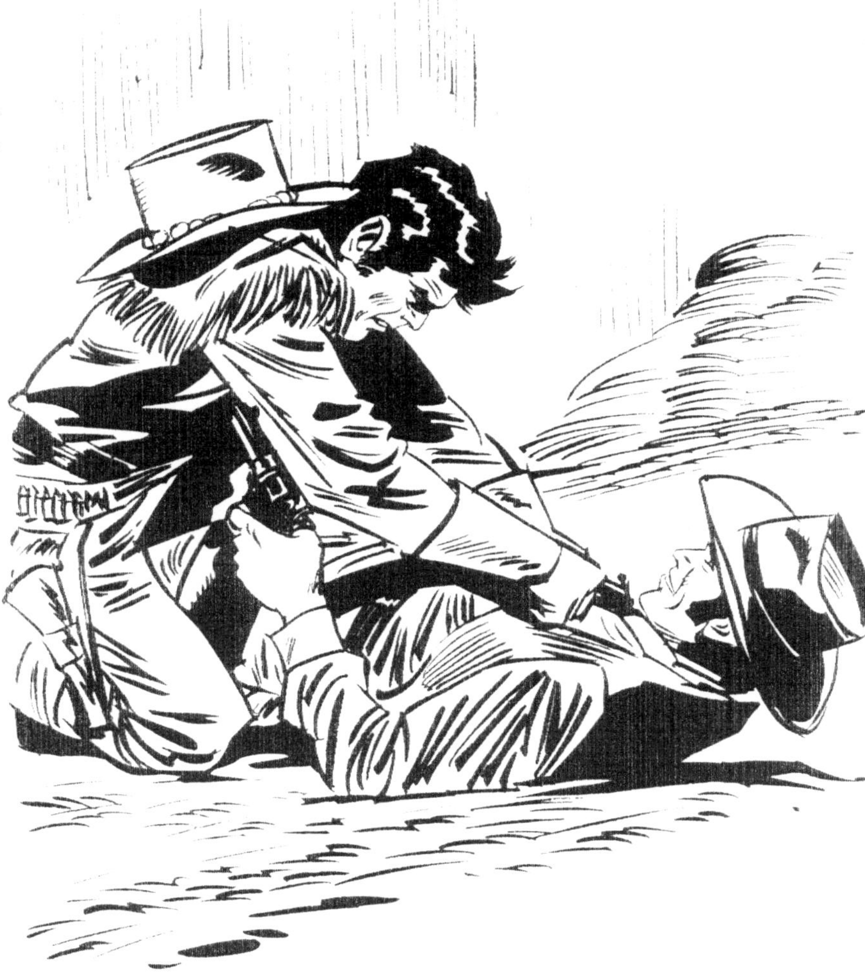

do chegou a hora de partir, uniram-se a mim Pequena Águia e meu bom e velho amigo Max Papperman.

Também o ancião Tatellah-Satah veio, montado em seu cavalo branco. Pusemo-nos em marcha e, antes de chegarmos, vimos que todos os habitantes da cidade alta, e também da cidade baixa, já haviam se reunido no local do duelo. Apesar de tratar-se de uma grande multidão, não se observava nela o menor sinal dos inconvenientes que parecem inevitáveis em casos semelhantes entre a gente que se chama de "civilizada". Cada um estava em seu lugar e sem causar rebuliço, permanecendo todos em silêncio.

Quando eu cheguei, meus quatro inimigos estavam já dispostos. Tatellah-Satah sentou-se atrás de mim, para não perder de vista os quatro chefes. Disseram-me que o primeiro presidente do comitê dispunha-se a pronunciar um discurso, assim como cada um dos seus membros. Eu falaria por último, e só então começaria o combate.

Ao ficar sabendo disso, e desejando abreviar as coisas, levantei-me e disse:

— Mão-de-Ferro não veio aqui falar, e sim combater. Quando se aproxima o perigo, o medo é que faz com que se abra a boca. O valente cala e luta.

Minhas palavras pareceram ofender o primeiro presidente do comitê, que protestou abertamente:

— O comitê concordou que eu fale, e o que o comitê decidi eu...

— Silêncio! — gritei, aborrecido. — Os acordos para este duelo, que eu saiba, foram feitos entre Pida e eu. Seu comitê nada tem que fazer aqui.

E depois disso, livrei-me daquele comitê que parecia querer sempre fiscalizar tudo. Então, decidimos a ordem na qual se daria a luta. Primeiro Tusahga Sarich, depois To-kei-chum, Kiktahan Shonka e por fim Tangua. Nesta ordem sentaram-se em semicírculo em frente a mim. Todos levavam um rifle de dois canos e lia-se em seus pétreos rostos de pele enrugada, a certeza da vitória. Antes de ocupar meu lugar, dirigi-me aonde estava sentado Avaht-Niah, o chefe dos shoshones que tinha cento e vinte anos. Inclinei-me diante dele, beijei sua velha e leal mão e disse:

— Você é o mais velho dos anciãos presentes. Em sua cabeça pousou a benção e o amor do grande espírito, que não o encaminhou até aqui para ver correr o sangue daqueles que lhe são caros. Você é o mais sábio e o mais experiente de todos nós. Você será o primeiro a ver, pelo resultado deste combate, que toda luta entre os homens é loucura.

Respondeu à minha saudação, levando minhas mãos aos lábios:

— Que Mão-de-Ferro nos demonstre essa loucura, para que nossos descendentes não façam mais o que faziam seus antepassados. Seja sua a vitória!

Voltei ao lugar que me haviam designado e sentei-me. Clara sentou-se ao meu lado, e ao ver isso, Kiktahan Shonka gritou furioso:

— O que está mulher está fazendo entre os guerreiros! Que ela saia!

— Tem medo de uma mulher? — gritei, para irritá-lo. — Se for assim, levante-se e vá embora. Ela não o teme e fica aqui.

— Será que Mão-de-Ferro tornou-se mulher e não compreende a ofensa que sinto em minha honra de guerreiro?

— Mas... São vocês guerreiros? Só vejo velhas mulheres e nada mais. Por isso aceitei sem dificuldade todas suas injustas condições. Mão-de-Ferro não quer lutar contra pobres velhos, como vocês, porque é homem. Minha esposa fica aqui!

— Pois que fique! — replicou Kiktahan Shonka. — Minha primeira bala será para você, e a segunda para ela.

— Sim! Que fique e morrerá com ele! — disseram os outros três.

Os cinco estávamos no meio do campo fechado. Formando o primeiro círculo estavam os grandes chefes, entre eles os doze apaches. Atrás estavam os chefes de segunda categoria e as pessoas de certa classe, e por último, estava o povo.

Pude notar que os olhos de todos os presentes estavam fixos em mim. O presidente do comitê estava disposto a dar a voz de fogo, quando Tatellah-Satah tomou a palavra:

— Cada combate individual começará quando eu der o sinal. Todos cumprirão o acordo e...

Deixei de escutá-lo para fazer um sinal a Clara, que tirou rapidamente do bolso o amuleto de Tusahga Sarich, o primeiro dos combatentes que tinha que disparar sobre meu coração. Pendurei o amuleto no pescoço, e no mesmo instante uma voz anunciou:

— Fogo!

Mas, para assombro geral, Tusahga Sarich não disparou. Tinha o rifle nas mãos e os olhos cravados em meu peito, na bolsa de couro.

— Meu amuleto! Meu amuleto!

— Atire! — eu o incitei, como se estivesse furioso.

— Como posso disparar contra o meu próprio amuleto? — gemeu. — Quem o deu para você? Como pode estar com ele?

— Não faça perguntas e atire! — repeti com mais firmeza.

Então, a voz de Tatellah-Satah soou, desafiante:

— Por que não dispara Tusahga Sarich? Por que não se dá voz de fogo para que dispare Mão-de-Ferro? Disseram que só teria que esperar um minuto e nada mais.

Armei meu rifle, mas o velho chefe gemeu de novo:

— Não posso disparar! Aquele que atira contra seu próprio amuleto, mata sua vida eterna.

— Já se passou um minuto! — tornou a anunciar Tatellah-Satah.

Era a minha vez. Apontei o rifle. Todos esperavam ver Tusahga Sarich caindo fulminado, mas eu gritei para ser escutado por todos:

— Vá para os campos de caça eternos, Tusahga Sarich!

Capítulo IV

O medo que ele sentiu foi mais forte que sua vontade. E Tusahga Sarich saiu correndo precipitadamente.

Entre a enorme gargalhada que explodiu ao ver a figura do chefe índio a correr, minha mulher exclamou junto a mim:

— Bendito seja Deus! Agora começo a ficar tranqüila. Apesar da fé que tenho em você, confesso que estava assustada.

Era divertido ver o velho índio correr com a ligeireza de um rapaz, impulsionado pelo medo de morrer. Todos sabiam que, de acordo com suas leis, aquele homem havia perdido sua honra, e por isso riam, porque ninguém mais o respeitava. Seu dever, ao não ter disparado no tempo marcado, era ter-se deixado matar, segundo o combinado.

Meu segundo contendor, segundo o sorteio, era To-kei-chum, cujo rosto tinha uma expressão estranha, difícil de descrever. Como sabia perfeitamente onde haviam deixado seus amuletos, deve ter compreendido que se eu tinha um, devia ter os outros, inclusive o seu. E se era assim, dentro em pouco ele enfrentaria o mesmo problema.

— Agora cabe o disparo a To-kei-chum, o chefe dos comanches racurros.

— Está preparado, To-kei-chum? — perguntou Tatellah-Satah.

— Não, não estou preparado! — gritou o homem, dominado pelo terror de ver seu amuleto pendurado em meu peito.

Levantou-se com extrema agilidade, soltou o rifle e saiu correndo atrás de seu companheiro Tusahga Sarich. Tal como eu havia dito antes, aquilo começava a converter-se numa comédia. As gargalhadas explodiram novamente, e alguém gritou:

— O outro! O outro! Agora é a hora de Kiktahan Shonka!

Ao escutar seu nome, cheio de ódio e de temor, o chefe índio rugiu para mim:

— Mão-de-Ferro é um cão! Um canalha! Um ladrão que rouba amuletos! Está com o meu, talvez...?

— Talvez — repliquei, mostrando seu amuleto. — Ora vejam, aqui está ele!

Com um enorme desprezo, aquele homem me surpreendeu ao responder:

— Acha Mão-de-Ferro que eu também fugirei como uma aterrorizada galinha? Pois está muito enganado! Minha bala o atravessará, porque só possui a metade de meu amuleto.

Mas eu o cortei:

— Tenho a outra metade de seu amuleto.

— Não! Não é verdade! Não pode ser verdade!

— Aqui está, Kiktahan Shonka! Olhe!

— Oh, por Manitu! Não é que o cão do Mão-de-Ferro pode tudo? Quem te deu isso? Eu o perdi há muitas semanas, e em um lugar bem longe daqui!

— Ninguém me deu nada! Eu o encontrei!

— Onde? Onde?

— Nas escadas do Púlpito do Diabo, onde os chefes sioux e utahs conferenciaram sobre a marcha à montanha Winnetou. Ali esperava matar Mão-de-Ferro. Eu pude escutar a voz do grande espírito! Eles assustaram-se e fugiram. Não se recorda, Kiktahan Shonka?

Ficou tão visivelmente impressionado que seu corpo dobrou-se, e ele apoiou o rosto nos joelhos. Eu quis confundi-lo ainda mais, e gritei:

— Mão-de-Ferro está pronto para o combate!

Como se esquecesse de tudo, sem fazer caso da voz do presidente do comitê, aquele índio velho, carregado de ódio, fez um sinal a vários de seus guerreiros para que o ajudassem. Montaram-no num cavalo e dali se afastaram. Só ficou sentado diante de mim o velho Tangua.

— Tangua, o chefe mais velho dos kiowas, escreveu-me na Alemanha, quando se preparava a reunião na montanha Winnetou, de toda a raça índia: "Se tem valor, venha à montanha Winnetou. A única bala que conservo te espera com impaciência." Já pode ver Tangua, que Mão-de-Ferro está aqui.

Enquanto eu dizia isso, Clara pendurava em meu pescoço o amuleto do chefe dos kiowas. Ele abriu de forma desmesurada os olhos cansados e cheio de fúria e ódio gritou:

— Sabia que você estava com meu amuleto! Eu sabia. Eu não dispararei contra ele, só peço-lhe que, uma vez tendo disparado contra mim, coloque meu amuleto sobre minha tumba.

— Não! — repliquei. — Mão-de-Ferro não irá disparar!

— O que acontece com Mão-de-Ferro? Não se mostra um inimigo leal?

— Sou leal, mas não sou seu inimigo. Não dispararei contra você. Não quero sua morte.

— O que fará com o amuleto, se não o colocar sobre minha tumba?

— Seus amuletos não me pertencem, portanto não os irei conservar em meu poder. Vocês mesmos decidirão a quem devo entregá-los.

— Nós?

— Sim, mas antes vou submetê-los a uma prova. Se

forem dignos dela, eu os devolverei, se não, entregarei os amuletos a Tatellah-Satah. Ele é o guardião do grande amuleto. Concedo-lhe então, a vida, mas não o amuleto. Terá que merecê-lo.
Levantei-me então e Tatellah-Satah disse:
— O combate terminou. Mão-de-Ferro venceu, e sua vitória é ainda mais digna porque não houve derramamento de sangue.

Capítulo V

Montamos a cavalo, mas antes de nos afastarmos do local do combate, aproximei-me de Tangua e disse:
— Sou amigo de Tangua, o chefe dos kiowas. A mim pouco importa se me ama ou me odeia, mas para seu benefício, desejo que se mostre melhor comigo do que tem sido até agora. Não tem nada a dizer-me?
— Meu ódio contra você será eterno! — exclamou.
— E irei lhe perseguir até conseguir sua morte!
— Ou a sua Tangua. Manitu dirá.
— Minha morte não me importa em nada. Pelo contrário, eu disse para que disparasse.
— Esse ódio cego será sua perdição, e a dos seus também.
Com fúria satânica, ele pegou o rifle e disse:
— Cale-se e vá embora! Se não o fizer, eu dispararei! Fora! Fora!
E ele só se conteve ao ver que Max sacava o revolver, apontando-o para sua cara.
— Acalme-se, velho furioso! Atreva-se a fazer algo e deixará este mundo! Atreva-se novamente a ameaçar a este homem honrado, que só lhe dá bons conselhos!
— Está certo — acrescentei. — Primeiro tenta desvalorizar a memória de Winnetou com um monumento absurdo, agora se coloca ao lado deste comitê absurdo,

para ajudá-los contra os que não concordam com eles. Isso é digno de um chefe, Tangua? Procede assim um homem honrado? Você busca sua perdição. Eu, apesar de tudo, lhe aviso que evite o vale da Caverna, e sobretudo, a caverna deste vale.

— O que é isso de vale da Caverna? O que você sabe sobre isso?

— Pergunte a você mesmo. Há muitos anos atrás, você me enfrentou, e ainda que o pudesse ter matado, conformei-me em disparar contra suas pernas. Sua vida, a partir daquele momento, foi o ódio, apesar da culpa ter sido sua. Agora, no final de sua vida, reaviva este ódio antigo, outra vez frente a Mão-de-Ferro, acumulando culpa sobre culpa. Pense bem, Tangua. Medite sobre as consequências que isso pode trazer para você e para os seus.

Comecei a andar por entre a massa de trabalhadores que haviam vindo. Então, uma voz surgiu dentre eles:

— Morra, Mão-de-Ferro! É um intrometido, metendo-se nas coisas dos índios!

— Sim! Que ele morra! Não é índio! Que vá para sua casa!

— Cão! Coiote das pradarias!

— Inimigo dos homens vermelhos! Quer nos impor sua religião!

— Blasfema contra Manitu!

— É um cara-pálida traidor. Traiu aos seus e a nós também!

Não compreendia aquelas palavras. Não via motivo algum para tal ódio contra mim, que sempre havia defendido aos índios. Falei disto com Tatellah-Satah, mas foi Pequena Águia quem me respondeu:

— Sim, os trabalhadores odeiam Mão-de-Ferro, porque sabem que é contrário ao monumento, e portanto, lhes tira o trabalho. Há alguns anos seus chefes o incitam a rebelarem-se contra você, pois sabem da influência que tem sobre muitos chefes. Também o comitê os incita.

— Ah, sim? — disse, depois de escutar o jovem apache. — Isso é muito importante, meu amigo! Como ficou sabendo isso?

— Por um dos irmãos Enters, Sebulon.

Estranhei, achando que Pequena Águia devia ter confundido os nomes, e indaguei:

— Não terá sido seu irmão Hariman? Sebulon nunca deu mostras de apreciar-me muito.

— Pois foi ele mesmo. Talvez porque tenha ficado sabendo da armadilha que estavam tramando contra ele.

Depois me disse qual era o centro dessas conspirações contra mim, e para ali nos dirigimos, para conhecer em seu próprio ambiente os meus inimigos, ou pelo menos, os que haviam sido empurrados por meus inimigos a pedir publicamente a minha morte. O lugar em questão era a pedreira.

PLANO DE VINGANÇA

Capítulo Primeiro

O sol havia desaparecido há algum tempo atrás da montanha Winnetou, mas ainda não havia começado a escurecer. Nós havíamos chegado já à parte norte da montanha, onde estava a pedreira e alguns centros de trabalho.

A pedreira parecia um ferida incurável feita na montanha, e os horríveis andaimes, muros, cabos e vigas com que se havia acorrentado a cascata daquela ladeira, para transformar sua força em eletricidade, despertavam um profundo sentimento de compaixão por aquele lugar maravilhoso da terra.

Haviam ali várias ferramentas, entre as quais destacava-se uma serra que não cessava de derrubar belos abetos. Tendas de campanha em péssimas condições, barracas sem ordem alguma, povoavam aquele lugar. Max então apontou-me a maior e mais comprida, dizendo:

— Essa é a imunda cantina. O dono é um gigante a quem chamam o Negro. É um tipo grosseiro e valentão, que não pertence à raça índia. Sua mãe era negra. Os irmãos Enters andam às vezes com ele.

— Sabe com qual objetivo, Max?

— Creio que deva ser para surrupiar-lhe algo. Este Negro é, ao que parece, o chefe de toda a obra. O que é certo é que o comitê tem muita consideração com ele. Evening e Paper passam aqui noites inteiras, jogando e bebendo em sua companhia. Quer conhecer este sujeito?

— Se for possível sim, Max.

— Dentro em pouco será noite fechada. Então eu o levarei a um lugar de onde possa ver a reunião particular deles. Agora, o que importa é que não nos vejam. Vamos dar uma volta, então.

Caminhávamos por um pequeno bosque, bem espesso, que nos permitia ver a barraca da cantina de longe, sem sermos vistos. A noite não tardou a cair, e então nos aproximamos da barraca, para pararmos junto dela, atrás de uns arbustos, que protegiam a fachada anterior.

Ali havia uma grande quantidade de caixas e barris que, se fosse necessário, poderiam nos servir de esconderijo, o que felizmente não foi preciso. No interior da barraca havia luz, e assim pudemos ver o que acontecia no salão e em outros aposentos menores. Max arrastou-me até um deles, que tinha a janela aberta. Dali saíam vozes.

— Este é o quarto do Negro — me disse ao ouvido Papperman.

— Vigie aqui, Max. Vou subir nesta caixa para dar uma olhada.

Pude então ver o interior do quarto. Havia nele duas mesas e algumas cadeiras, todas de péssima qualidade e sujas. Ali estavam cinco homens dos quais reconheci imediatamente quatro. Eram os irmãos Enters, Tusahga Sarich e To-kei-chum. Causou-me enorme surpresa ver aqueles dois últimos ali. O quinto era certamente o dono do estabelecimento, um gigante, com traços negróides e tez escura.

A conversa era muito animada e no momento em que me aproximava cautelosamente da janela, escutei o Negro dizer:

— Creio que lá em cima, eles ainda não sabem que os curandeiros escaparam. Maldito seja este tal de Mão-de-Ferro! Mas no momento não devemos nos preocupar com isso. Os curandeiros já sabem encontrar o caminho. Esse homem branco é, apesar de tudo, bastante estúpido. Quando chegou ao campo de combate e protegeu-se com os amuletos, nem suspeitava que seus prisioneiros já estavam em liberdade e que estava já tudo preparado para amanhã. Sua vitória proporcionou-lhe unicamente, mais um dia de vida. Amanhã de noite ele e sua mulher estarão mortos. Vocês estão dispostos a manterem sua palavra?

Esta pergunta havia sido feita diretamente aos Enters, os quais responderam afirmativamente.

Sebulon acrescentou:

— Ninguém tem mais interesse do que nós em saldar a dívida que temos com este homem. Não tema. Está tudo preparado.

— Nada ganharia com ele — advertiu o Negro, em um tom ameaçador. — E eu lhes asseguro que amanhã duas pessoas morrerão, sejam quem for. Ou Mão-de-Ferro e sua mulher... Ou os irmãos Enters! Não me fio muito em vocês. Estão em jogo nosso trabalho, nossa experiência e o muito dinheiro que podemos ganhar aqui. Por isso pus a disposição todos os meus chefes de obra, e por isso quero que tudo saia exatamente como preparamos. E aquele que não mantiver sua palavra, morrerá.

Vi então levantar-se To-kei-chum.

— Sim, estamos de acordo. Todos estamos convidados para a festa. Conhecemos o lugar para onde temos que ir. Nossos quatro mil guerreiros atravessarão a caverna, guiados pelos curandeiros que escaparam da mão desse Mão-de-Ferro, mas terão que deixar os cavalos no vale, porque não sabemos se a última parte do caminho da caverna se pode percorrer cavalgando.

— Entretanto, eu reunirei meus trabalhadores e os Enters irão em busca de Mão-de-Ferro e sua mulher — disse o Negro. — Quando os guerreiros tiverem saído da catarata do Véu, irão anunciar-se com um disparo. Será o momento da morte deste intrometido. Então, eu me lançarei com meus homens contra os de Mão-de-Ferro, deixando o caminho aberto para os nossos guerreiros.

Por sua parte, Tusahga Sarich disse:

— Está bem, assim será feito. Se tivermos que mudar algo do plano, usaremos um mensageiro para alertar sobre a mudança.

Capítulo II

Quando os outros três deixaram a estância, pude escutar a seguinte conversa entre os Enters:

— Isto pode acabar mal.

— Por que? Já sabemos o que queríamos saber, e amanhã cedo contaremos tudo a Mão-de-Ferro. Por que razão poderia acabar mal?

— Para você e para mim não, mas... Que matança vai ser!

Não precisava saber mais nada, e saltei para reunir-me a Max, o qual me perguntou ansiosamente:

— Ficou sabendo de algo?

— De muito! Parece até que vim aqui só para escutar o final desta conversa. Já irei lhe contar tudo, mas primeiro fique sabendo de uma coisa. Nossos dois prisioneiros conseguiram escapar, os curandeiros!

— Não é possível!

— Ora, se é!

Desatamos nossos cavalos e rumamos para a fortaleza. Pelo caminho pus Max a par dos planos de nossos inimigos. Ao chegar, fomos logo procurar o guardião que havia estado vigiando os prisioneiros, mas nós o encontramos dentro da prisão, amarrado. Haviam-no surpreendido quando tinha ido entregar a comida, e depois de lançarem-se conta ele, o golpearam até que

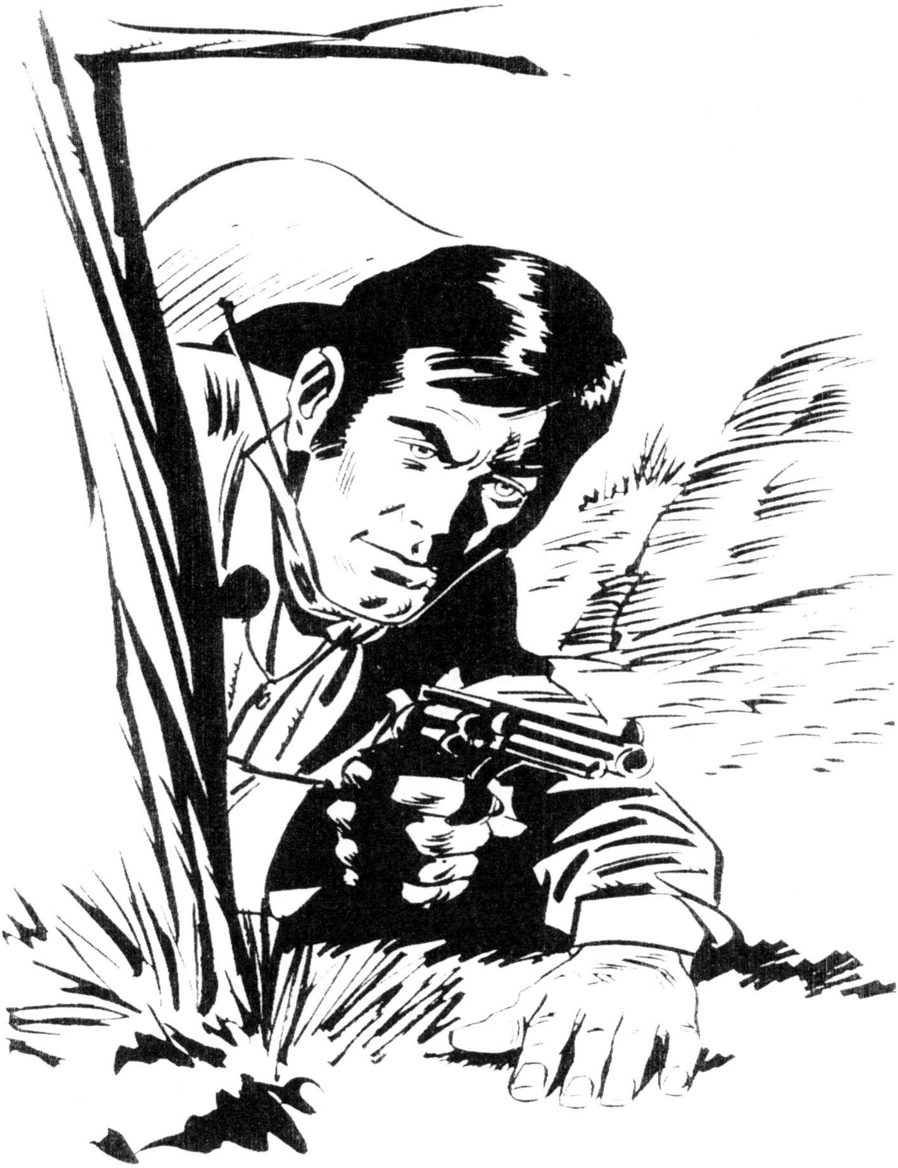

ele perdesse os sentidos. O pobre temia que Tatellah-Satah o castigasse, e por isso pediu-me que interviesse em seu favor.

No meu quarto encontrei um bilhete de Clara, onde ela me comunicava que, como eu não havia chegado para a hora costumeira da leitura dos manuscritos de Winnetou, ela havia recolhido os livros e tinha ido para a casa de Tatellah-Satah para que não nos ficassem esperando os que ali já estavam reunidos. Dizia também que Wakon iria substituir-me na leitura, mas que fosse para lá o quanto antes.

Assim o fiz e ao aproximar-me de onde eles estavam, notei que haviam interrompido a leitura e que permaneciam em silêncio absoluto. Para não atrapalhar, abri silenciosamente a porta. Naquele momento, Mão-Certeira disse:

— Dessa leitura verdadeiramente se percebe que Winnetou era muito maior do que o imaginávamos.

Todos voltaram-se para mim, e Tatellah-Satah disse:

— Chega bem a tempo, Mão-de-Ferro. Todos os presentes viram a luz, através desta leitura, e estão de acordo que a construção de um monumento só iria apequenar, por mais colossal que seja, a figura deste homem cujo pensamento deve ser um modelo para nós.

— Todos nós vimos afinal, claramente — disse o jovem Apanachka. — Um dos véus que cobria nossos olhos caiu, mas ainda há algo que nos resta saber. Disse que nossa arte é só aparência, sem alma nem espírito. Nós o convidamos para que veja amanhã, ao anoitecer, nossa obra, a qual será iluminada com luz artificial. No caso do resultado ser positivo...

— Será! — exclamou o jovem Mão-Certeira, em tom triunfante.

Observei que alguns dispunham-se a rechaçar suas palavras, mas eu interrompi:

— Tem razão. Esperemos para ver o resultado da amostra.
— É o melhor a ser feito — disse também Athabaska.
— Mas, ainda que o resultado seja uma autêntica obra de arte, não refletirá, nem por um instante, o espírito de Winnetou.

Ao dizer isso, apontava para o retrato de Winnetou que Tatellah-Satah havia colocado na parede. Dentro em pouco a reunião deu-se por encerrada. Todos foram saindo pouco a pouco, ficando somente minha esposa, nosso anfitrião e eu. Queria aproveitar aqueles momentos para explicar-lhes tudo o que havia escutado antes na pedreira.

Tatellah-Satah, uma vez posto ao corrente de tudo, me disse:

— Tudo isso me inquietaria, se não o visse tão tranqüilo, prova de que já tem algum plano para enfrentar este perigo. Mas devia ter dito isto na frente de todos, enquanto ainda estávamos reunidos.

— Prefiro levar a cabo meu plano no mais absoluto segredo.

— Você acredita que conseguirá dar conta disto sozinho? Esquece que, além dos trabalhadores, estes homens contam com quatro mil guerreiros, como dizem?

— Creio que posso fazê-lo.

— Agora compreendo uma coisa sobre Winnetou, que não cheguei a compreender enquanto ele vivia: a ilimitada confiança que ele sempre teve em você. Mas diga-me o que pensa em fazer.

— A coisa mais simples do mundo. Fecharei o caminho da caverna, e os bloquearei no vale da Caverna, até que a fome os faça pedir clemência. Então, utilizarei seus chefes como reféns. Quantos winnetous armados tem a sua disposição neste momento?

— Uns trezentos, mas amanhã à noite poderei reunir mais de quinhentos, e mais tarde, um número maior.

— Está de bom tamanho. Por agora, não preciso de mais de vinte, e do nosso fiel Inchu-inta. Com eles descerei pela escada secreta do templo, para pôr em seu lugar as estalagmites que fecham a passagem. Deste modo, quando os dois curandeiros guiarem os guerreiros, não poderão seguir adiante, pois encontrarão o caminho fechado.

— E se descobrirem tudo, como você fez.

— Só poderiam passar pelo caminho mais largo, cuja saída fecharei de tal modo atrás da catarata do Véu, que não poderão sair da caverna. Esse trabalho nos levará dois dias. Para bloquear o inimigo no vale, temos outro dia de prazo.

Uma hora depois, abríamos o alçapão do templo para entrarmos na galeria subterrânea.

No local indicado fomos recolocando as estalagmites de forma que parecessem um obstáculo natural. Estive também examinando a greta que havia no teto, e observei com alarme que ela havia aumentado consideravelmente de tamanho, devido ao enorme peso da colossal estátua. De quando em quando ouvia-se um surdo estalo, que nos deixava por alguns momentos em suspenso. Eu mesmo tive que fazer um grande esforço sobre mim mesmo para permanecer ali, aparentando serenidade.

Clara havia se empenhado em acompanhar-me também naquela ocasião e deve ter experimentado os mesmos receios que eu porque, terminado o trabalho, e ao nos afastarmos dali, exclamou:

— Graças a Deus terminamos! Olhe que se a caverna desabasse... Agora compreendo porque esta imensa estátua parece fora de prumo. O chão começa a ceder sob seu peso, e isso pode acarretar uma catástrofe.

— Será inevitável.

— Quando acha que isso irá acontecer.

— Não posso determinar o dia, mas não acho que irá demorar muito.

Hoje posso assegurar que, se houvesse sido capaz de adivinhar o terrível acontecimento com certeza, apesar de tudo e dos planos de nossos inimigos, eu os teria avisado do perigo que os esperava. Mas eu desconhecia os acontecimentos que se avizinhavam, e voltamos para a galeria estreita até o ponto onde se encontra o Púlpito do Diabo. Ali também recolocamos as estalagmites.

Quando regressamos para nossa casa, o dia começava a nascer, e muito cansados, nos dispusemos a ter o merecido descanso.

Três Vítimas

Capítulo Primeiro

Inchu-inta nos despertou, para dizer-nos que os irmãos Enters estavam nos esperando, e que queriam falar conosco. Eu os recebi afetuosamente e eles, algo confusos, não sabiam por onde começar. Eu só aumentei-lhes a confusão:

— Vocês vieram dizer-nos que esta noite alguém determinou que temos que morrer?

Ao escutarem isto, os dois estremeceram, com os rostos denunciando a surpresa que sentiam.

— Os dois curandeiros que tínhamos prisioneiros escaparam. Esta noite, conduzirão os quatro mil guerreiros através da caverna, para lançarem-se contra nós. Os trabalhadores também estão preparados, sob o comando do Negro, para juntarem-se aos nossos inimigos. Os índios anunciarão que já atravessaram a catarata do Véu com um disparo. Assim que se escutar este disparo, vocês matarão a mim e a minha esposa, e os trabalhadores irão lançar-se contra os chefes e nossos demais aliados.

Os Enters ficaram então como que petrificados pelo assombro e sem articular palavra. Clara então disse:

— O que acha deste plano? Bem completo, não é verdade?

Confuso, Sebulon disse:

— Senhora... Não podemos negar que seja assim. Exatamente por isso viemos colocá-los a par de tudo. Mas não conseguimos compreender como ele...

— Estamos sempre a par de tudo, e inclusive, mais informados do que vocês. Sabemos que à noite, na cantina, depois de Tusahga Sarich e To-kei-chum partirem, vocês decidiram vir de manhã bem cedo para nos colocarem a par de tudo. E alegra-me ver que realmente o fizeram.

— Como? Isso é impossível! Ou estaria escondido?

— Não preciso recorrer a incômodos esconderijos, meus amigos. Mas aqui, o que importa é que vocês procederam com lealdade. De todo jeito, vocês seguirão com a parte que lhes toca deste infame plano, e esta noite permanecerão junto a mim e a minha esposa, para não despertarem suspeitas.

Ao ficar a sós com Clara, ela me disse:

— Que pena sinto destes dois! Durante anos viveram na crença de que não poderiam evitar seguir o caminho do pai. Era como uma obsessão para eles, e agora, no entanto, vão adquirindo mais confiança em si mesmos.

Enquanto tomávamos o café-da-manhã, tivemos outra visita inesperada. Era a esposa de Pida e sua irmã, Cabelos Negros.

Por ela soubemos que, na noite anterior as mulheres kiowas e comanches haviam chegado, reunindo-se às mulheres sioux e que, presididas por Achta, trataram do modo como fariam valer seus votos nas deliberações acerca do monumento a Winnetou. Naquela mesma manhã, elas haviam ido à barraca onde o jovem Mão-Certeira e o jovem Apanachka guardavam o modelo, e haviam saído de lá decepcionadas.

Disseram que não sabiam como dar sua opinião sobre aquela colossal estátua, sem ofenderem os guerreiros de sua própria tribo. No entanto, o que mais preocupava a esposa de Pida era que este havia recebido a ordem de conduzir os quatro mil guerreiros. A situação daquelas duas mulheres era angustiante, porque vencesse quem vencesse, teriam que chorar a morte de Pida ou a minha.

Coloquei-a a par dos meus planos, superficialmente, assegurando-lhes que nenhum de nós corria perigo.

Depois de sua visita, e terminada a refeição, Clara me pôs a par de um plano que ela havia traçado, e que mais adiante se verá qual foi. No momento, tratava-se de fazer uma fotografia de Tatellah-Satah, a quem ela havia pedido permissão no dia anterior. Eu a acompanhei até a casa do venerável ancião e quando minha esposa terminou sua incumbência, Tatellah-Satah rogou-me que o acompanhasse num passeio até a torre, onde Pequena Águia continuava trabalhando febrilmente.

Ele já devia saber de nossa chegada, pois nos saudou enquanto nos aproximávamos.

— Subam. Está tudo pronto! Minha "águia" está pronta para voar!

Pouco depois tínhamos diante de nós um estranho artefato, à imitação de uma ave, mas com dois corpos, duas grandes asas e duas caudas. Os dois corpos uniam-se pelo colo para formar uma única cabeça de águia. Eram feitos de vime, leves como penas, mas extremamente resistentes. Não se via seu conteúdo, mas eu presumi que se tratava de um motor de aviação.

Todo o aparato estava construído com material de pouco peso, mas muito resistente. A cauda tinha forma curiosa. Entre os dois corpos havia um cômodo assento com lugar para duas pessoas. Além de Pequena Águia, encontramos no terraço Max e a jovem Achta, que parecia sempre disposta a ajudar o jovem apache.

Estivemos examinando aquele estranho aparato voador, até que Tatellah-Satah nos indicou:

— Venham comigo, tenho algo a dizer aos dois.
Saímos da torre e nos internamos no bosque até chegarmos ao outro lado da montanha, local onde se divisava por um lado o grande lago, e por outro a catarata do Véu. Por trás do lago elevava-se a grandiosa cúpula da montanha Winnetou, rodeada de outros maciços, entre os quais sobressaía-se um, tão abrupto que parecia quase impossível que já tivesse sido pisado pelo homem.
O panorama era imenso, único e grandioso, e o nobre ancião demorou um pouco a falar, até que sua respiração retornou ao normal, depois desta fatigante caminhada.

Capítulo II

Com voz pausada, Tatellah-Satah nos disse:
— Aquela é a montanha das Tumbas dos Reis. Antes que a raça índia se dividisse em inumeráveis tribos, ela era governada não por pequenos reis, mas por grandes imperadores, muito poderosos, todos os quais estão enterrados no alto desta montanha, que ultrapassa as nuvens. Todas as tumbas são de pedra, e formam uma cidade, com suas ruas e praças, mas onde não existe nem um só sopro de vida. Cada um contém, além do cadáver do monarca, uma caixa de ouro na qual se conservam livros que contam os acontecimentos referentes ao seu reinado. Ali pois, estão enterrados os que dirigiram os destinos de nossa raça em tempos muito remotos, e toda a história, todos os documentos correspondentes a um período que se estende a milhares e milhares de anos. Mas não há modo de se chegar até ali. Quando foi enterrado o último rei, fizeram desaparecer o caminho talhado na rocha, para que nenhum mortal pudesse voltar. Em um de meus livros mais antigos está escrito tudo isto que agora eu lhes conto e a chave para

encontrar este caminho perdido. O Pequena Águia que os homens vermelhos sempre esperaram, e que diz a lenda, voará três vezes ao redor desta montanha, descerá junto ao caminho para recolher a chave dessa ascensão nunca realizada. Uma vez feito isso, poderá subir à montanha das Tumbas dos Reis, e as narrações e documentos dos primitivos tempos poderão elevar sua voz e descobriremos muitos segredos de nosso glorioso passado.

Seu olhar pousou em cada uma das montanhas durante alguns minutos, e logo ele prosseguiu:

— Tudo isto eu já sabia, e estava encerrado em meu peito, mas o dia em que vi este jovem descer ao vale, agarrado às patas da águia, eu me perguntei se ele não seria o Pequena Águia tão esperado. Desde então eu o chamei assim, e cuidei de sua educação. Inculquei em seu coração o desejo de voar, e quando fiquei sabendo que na Califórnia faziam-se os primeiros ensaios de aviação, eu o enviei para os caras-pálidas, para que eles o ensinassem a ganhar os ares. Agora ele voltou, e disse que sabe e pode voar. Por isso hoje quero perguntar-lhe: atreve-se a subir com esse aparato de sua invenção, para ver se nesse elevado monte há uma pedra sob a qual encontra-se a chave para subir à montanha da Tumba dos Reis?

Com firmeza, o jovem apache respondeu prontamente:

— Não hei de atrever-me, se para isso estudei tanto e fabriquei meu aparato?

— E quando poderá fazê-lo?

— Assim que Tatellah-Satah o desejar. Agora ou mais tarde.

— Então vale mais esperar. O dia de hoje reclama nossa atenção em outro sentido. Mas confio em você para abrir as tumbas desses reis e arrancar o segredo dos livros que encontraremos nelas.

Como já disse, nossa vista alcançava a catarata do Véu, e daquela altura pudemos ver Clara com o engenheiro e alguns índios, todos com máquinas fotográficas. Pelo visto, encontravam-se em plena atividade. Nós voltamos para a torre, e dali regressamos à fortaleza, onde me surpreendi ao encontrar Mão-Certeira e o chefe Apanachka, que estavam me esperando.

— Não se espante por nos encontrar aqui — disse-me o primeiro. — É um assunto não muito claro, mas de suma importância. Conhece a um homem que chamam o Negro, dono da cantina dos trabalhadores?

— Já o vi uma vez.

— Hoje ele nos procurou, e falou sobre você. Ele o odeia e assegurou-nos que hoje é seu último dia de vida. Estava bêbado, por isso sua língua estava solta. Viemos avisá-lo porque...

— Eu lhes agradeço, mas já estava informado. Ele está tramando não só contra mim, mas também contra vocês e contra todos que desejem interromper estas obras, que tanto dinheiro tem dado a ele.

Então contei-lhes tudo o que sabia. Sua reação imediata foi ir ao vale da Caverna, para aniquilar ali mesmo o Negro. Felizmente, nada lhes disse sobre a disposição da caverna, nem sobre suas saídas. Apesar de tudo, custou-me contê-los e obter sua palavra de que me deixariam encarregado de tudo, mas foi-me impossível que renunciassem a prender o Negro imediatamente. Como aquilo poderia ocasionar alguma complicação, que colocaria por terra todos os meus planos, vi-me obrigado a acompanhá-los, para evitar um mal maior.

Quando passamos perto da catarata do Véu, ali reinava uma grande atividade. Os preparativos para a iluminação daquela noite ocupava a todos os trabalhadores disponíveis. Ao olhar para as estacas que eles acabavam de cravar no chão, notei que a estátua havia se inclinado de maneira ostensiva. Mas nada disse. Perto da cantina encontramos Clara com o engenheiro, e os irmãos Enters.

Naquele momento o Negro saiu da cantina, e então Mão-Certeira e Apanachka, sem rodeios disseram:
— Vimos detê-lo, seu amotinador e rufião.
— A mim? — perguntou o valentão. — Não existe quem seja capaz de fazer isso. E por que diabos querem me prender?
— Por causa de seus planos sangrentos!
Então, dirigindo-se aos irmãos Enters, ele gritou:
— Ninguém além de vocês poderia ter me traído! A primeira coisa que vou fazer é atravessar a este cão alemão e a sua mulher com uma bala, e depois irei fazer o mesmo com vocês.

E ele então tentou sacar o revólver, mas não conseguiu, porque os Enters caíram sobre ele como dois pumas selvagens. Mão-Certeira e Apanachka também fizeram o mesmo.

Creio haver dito que o Negro era um autêntico gigante, com a força de um titã e por isso, apesar dos quatro homens que tentavam dominá-lo, conseguiu disparar contra Sebulon e depois Hariman. Então, os revólveres de Mão-Certeira e Apanachka troaram, e suas balas feriram aquele bandido. Nós o vimos vacilar e cair, arrastando com ele os dois irmãos, que por sua vez haviam sido feridos no peito.

Clara ajoelhou-se ao lado de Hariman, que balbuciou para ela, nos últimos instantes de sua vida:
— Eu... eu era seu winnetou, senhora. Prometi ser seu anjo da guarda, e se fosse preciso, morrer para... para defendê-la. Já vê que... eu... eu...
— Não fale, por favor.

E nada puderam falar mais. Minha esposa, ajoelhada diante daqueles cadáveres, olhou-me magoada, para dizer então:
— Oh, Deus! Era preciso que isso acontecesse?
— Não... Não precisava ter acontecido.

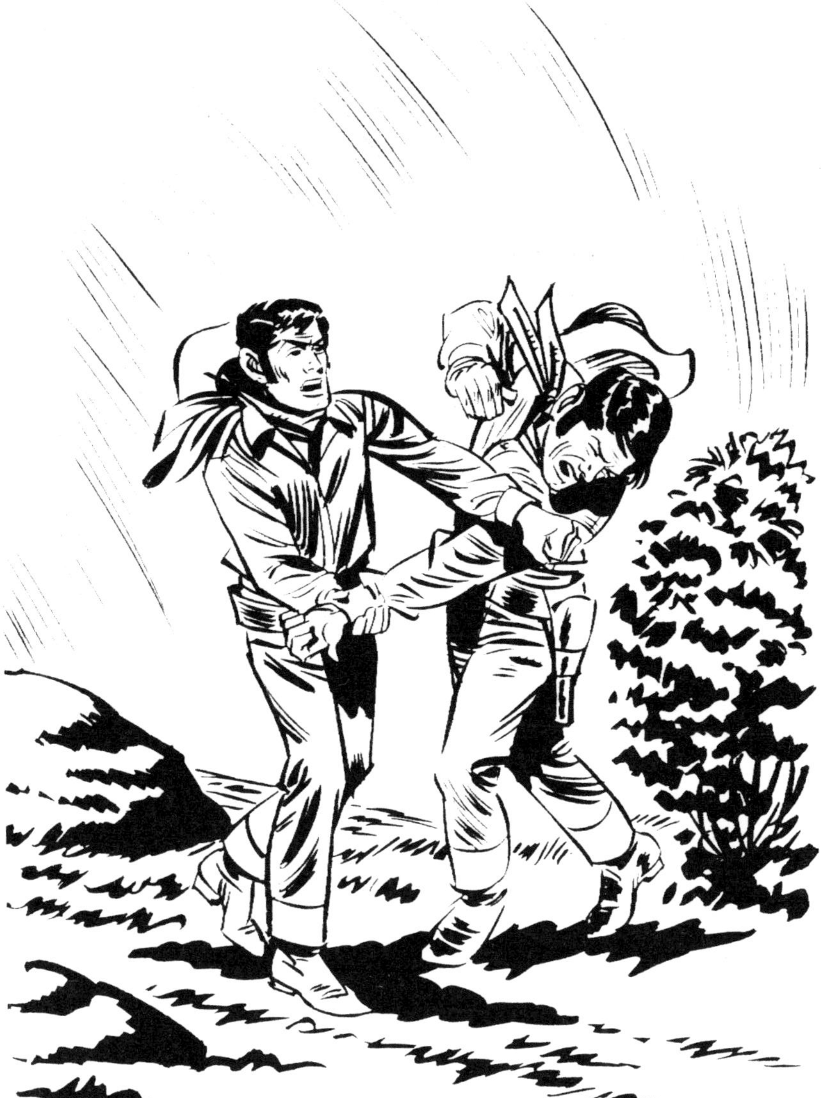

— A culpa é nossa — interveio nobremente Mão-Certeira. — Nós nos precipitamos, sem fazer caso dos conselhos de seu marido. Quando os trabalhadores ficarem sabendo disso, estaremos em maus lençóis. Eu...

— Não, se ocultarmos o cadáver do Negro — propus. — Diremos que ele matou, numa luta, os irmãos Enters, e que fugiu. Os trabalhadores, sem seu chefe, não saberão o que fazer, e isto nos dará tempo para prepararmos tudo.

— Vou chamar alguns de meus guerreiros — disse prontamente Apanachka. — Pode acontecer algo, e precisamos de proteção!

Ninguém havia presenciado o acontecido e as coisas saíram, momentaneamente, como havíamos planejado. Por isso pudemos regressar sem maiores contratempos.

A CATÁSTROFE

Capítulo Primeiro

Ao anoitecer, descemos à catarata do Véu com o ancião guardião do grande amuleto, Pequena Águia, Max Papperman, Inchu-inta e outros amigos que nos acompanhavam.
Tatellah-Satah, de acordo com os planos que tínhamos, havia ordenado aos seus jovens winnetous que estivessem preparados e alertas. Os trabalhadores iam estar na frente do monumento, enquanto a massa geral dos espectadores iria colocar-se na pracinha que havia em frente à estátua, e que se estendia até o Púlpito do Diabo, que só poderia ser ocupado pelos grandes chefes. Entre os trabalhadores e os espectadores, iriam colocar-se em uma tripla fila nossos aliados winnetous, todos eles armados com revólveres, se a situação ficasse perigosa.
Não devo deixar de dizer que naquele dia haviam chegado os primeiros caminhões com os encarregados de transportarem as provisões desde a estrada de ferro até a montanha Winnetou, e que com eles havia aparecido muita gente, ansiosa por ver o espetáculo daquela noite. Com sua chegada, o espaço dedicado aos espectadores lotou.
Quando nós chegamos ao local da festa, este já estava iluminado, mas ainda escassamente. Todos nos deram passagem, para que pudéssemos chegar ao nosso lugar, que era precisamente onde terminava a entrada

secreta da caverna. Ali fomos recebidos amavelmente pelos chefes amigos que haviam chegado antes de nós. Então pedi-lhes que subissem ao púlpito, mas que só falassem em voz muito baixa, para impedir que as ondas sonoras chegassem até o outro púlpito. Acrescentei que eu ia falar com nossos inimigos e que eles, sem nenhum obstáculo, poderiam escutar tudo o que eu falasse com os quatro cavaleiros.

Passei, realmente, para o outro lado do caminho, vendo o velho Kiktahan Shonka no outro púlpito, oposto ao nosso. Ao seu redor havia um grupo de winnetous bem armados. Havia dito a eles que deviam considerar a todos naquele púlpito como prisioneiros, e que não os deixassem partir, fosse quem fosse, sem minha permissão. Só então subi naquele púlpito.

— Mão-de-Ferro, aqui! — exclamou Tangua, ao ver-me.

— Sim. E vim para dizer-lhes uma coisa muito importante. Já sabem que o seu aliado, o Negro, fugiu depois de assassinar numa briga os irmãos Enters?

— Nós sabemos, mas ele não era nosso aliado, como Mão-de-Ferro está dizendo — replicou To-kei-chum.

— O Negro foi morto por Mão-Certeira e Apanachka, e sei que Pida foi ao vale da Caverna para guiar através dela quatro mil guerreiros sioux, comanches, kiowas e utahs, para atacar-nos na saída da catarata do Véu. Mas ele não poderá fazê-lo, porque fechamos o caminho e os faremos prisioneiros, assim como vocês. E seu comitê será dissolvido. Os irmãos Enters nos deram o documento firmado por vocês. Todos os seus planos para atentar contra mim foram descobertos. Agora, vem o seu castigo. Sabem que este lugar está cercado por nossos jovens winnetous, e que eles têm ordem para matar qualquer um que tente fugir. Escutaram bem?

Então, pareceu que a terra tremeu, escutando-se um enorme estalido.

— É a voz da caverna onde se encontram seus guerreiros! Eles estão perdidos! Aproveitando que estavam confusos, por minhas palavras e pelo alarmante movimento da terra sob seus pés, saí correndo dali. Naquele instante ligaram a iluminação da estátua. Winnetou apareceu envolto em vivíssima luz. Em cada lado seu, projetou-se na catarata do Véu os retratos do jovem Mão-Certeira e do jovem Apanachka. Mas se Mão-Certeira esperava ouvir aplausos, ele equivocou-se, porque todos os espectadores permaneceram estranhamente silenciosos.

A figura gigantesca sem cabeça não causava a menor impressão, e os retratos dos dois jovens artistas que a haviam projetado tinham tão pouco de característico e de expressão, que deixaram a todos na maior indiferença. Isto ocorria no momento em que eu chegava ao nosso púlpito. Fiz sinal para os que ali estavam, que continuassem falando em voz baixa.

— Escutaram tudo o que eu disse?

E eles balançaram a cabeça afirmativamente.

— E sentiram o tremor de terra também?

De novo pôde-se escutar um surdo estampido na terra, como se algo se rompesse sob nossos pés. Mas na segunda vez, Mão-Certeira deu a ordem e o engenheiro apagou o projetor, fazendo desaparecer os retratos, no instante em que acendiam todas as luzes, desde as menores até os imensos globos colocados nos altos postes. Mas também aquilo não causou a menor impressão. A luz era fria, e a estátua não ganhou nada com a iluminação. Para aqueles que a tinham visto à luz do dia, não havia diferença alguma.

Mas se...

Eu vi que ela mudava, que se inclinava pouco a pouco, até que sua inclinação era tão grande, que Clara pegou minha mão, murmurando aterrada junto a mim:

— Meu Deus! Ela vai cair! Não tem jeito, vai cair!

E apenas terminou ela de dizer isso, sentimos a terra agitar-se com estalidos e barulhos: a colossal figura inclinou-se primeiro para a esquerda, depois para a frente, e por último para a direita. Voltou-se a escutar um estrondo ensurdecedor sob nossos pés, e então, com um formidável estalido a terra pareceu desfazer-se.

A catástrofe tinha acontecido! Eu havia calculado mal. Ela acontecera dias antes do que eu havia previsto!

Capítulo II

Uma gritaria e uma confusão tremenda formou-se, e aquela massa humana começou a espalhar-se para todos os lados.

A estátua torceu-se sobre o pedestal e desapareceu por fim, com um estrépito ensurdecedor, levantando grandes nuvens de pó e água.

Na escuridão, milhares de vozes emitiam um alarido de terror.

Todos se empurravam para a saída do amplo vale. Os amigos que nos rodeavam também fugiram, ficando só Tatellah-Satah, eu e Clara. Mas no mesmo instante eu agi, ordenando ao engenheiro que reparasse os cabos para que a luz retornasse, e assim o pânico fosse menor. Também pedi aos doze chefes apaches que fossem com seus guerreiros para o vale da Caverna, para saberem o que tinha acontecido ali.

Por sua parte, Clara, as duas Achta e os jovens winnetous organizaram-se para cuidarem dos feridos, e aos poucos, à custa de um grande esforço, pudemos remediar um pouco aquela terrível situação.

Só nos preocupava os muitos homens que, nas galerias subterrâneas da caverna, em sua marcha para a catarata do Véu, podiam ter ficado presos nos túneis. Mas para lá já partiam os chefes apaches e seus guerreiros, dispostos a prestar-lhes ajuda.

Forçosamente, para não desfalecer, aquela noite tive que tirar uns momentos para descansar, ainda que estivesse impaciente para saber o que havia acontecido com aqueles quatro mil guerreiros comanches, kiowas, utahs e sioux. Pequena Águia também contagiou-se com esta impaciência, e inesperadamente me propôs:

— Vou voar até lá, assim chegarei antes. As galerias ficaram obstruídas deste lado da catarata. Regressarei com notícias.

— Voar? — perguntei, algo confuso.

— Sim, mas antes quero dizer-lhe outra coisa. Mão-de-Ferro me prometeu na Casa da Morte os quatro amuletos dos chefes que se reuniram em segredo, para tratar de nossa destruição. Recorda-se?

— Sim. E você os quer agora?

— Sim. Vou ser o Pequena Águia que devolve os amuletos perdidos aos homens de minha raça. Pode devolvê-los agora?

Eu concordei e nos dirigimos até a torre onde estava a "águia voadora". O dia já começava a amanhecer. Pequena Águia manejou habilmente seu estranho artefato, que bateu as asas algumas vezes e começou a resvalar, deslizando para um dos lados. Então deu quatro voltas em espiral e elevou-se em vôo, dócil como um cavalo ao comando e desejo de seu piloto.

No ar, pareceu orientar-se, e por fim afastou-se a grande velocidade. Como nada tinha para fazer na torre de Pequena Águia, desci outra vez para a catarata do Véu, para ver na claridade, toda a extensão daquele desastre.

Ao redor do terrível abismo que havia se formado ao fundir-se a colossal estátua, estendia-se uma ampla zona desolada, na qual tudo estava devastado. Ninguém se atrevia a aproximar-se da beirada para olhar o buraco. Os homens iam de um lado para outro febrilmente, socorrendo os feridos. Na realidade, os ferimentos haviam sido provocados muito mais pelo pânico, do que pelo próprio desabamento de terra.

Alguns grupos de trabalhadores estavam ali, tentando abrir a galeria fechada, pelo menos para que o ar ali penetrasse e aqueles que estivessem embaixo conseguissem respirar melhor. Mas a obra, diante de tanta terra a ser removida, infelizmente não terminaria senão no outro dia.

O tempo passava lentamente e eu sentia que, esgotado pelo esforço daquela noite infernal, meus olhos negavam-se a seguirem abertos. De repente, todos os que ali estavam começaram a gritar, assombrados:

— Um pássaro! Um pássaro gigantesco!

Não haviam passado ainda duas horas desde a saída de Pequena Águia e ele já estava de volta, com sua engenhoca voadora. Nós o vimos fazer um amplo círculo no céu, sobre nossas cabeças, para logo ir descendo suavemente até pousar, com assombrosa precisão, no meio do caminho entre os dois púlpitos.

— É Pequena Águia! É Pequena Águia! — escutei gritando por todos os lados.

Todos, não sem certas precauções antes, começaram a agrupar-se em torno do aparato voador, para vê-lo mais de perto. E então elevou-se a poderosa voz de Athabaska, que gritava:

— Para trás! Abram espaço! Esta é a águia da qual falava a profecia: ela voou três vezes ao redor da montanha dos Segredos e traz os amuletos que a raça índia perdeu! Para trás! Todos para trás!

O Perdão

Capítulo Primeiro

O velho Tatellah-Satah abriu passagem e aproximou-se do audaz aviador, no mesmo instante em que eu conseguia reunir-me a ele também. E em pouco, com voz pausada e cheia de satisfação, Pequena Águia nos informou:

— Os guardiões dos cavalos dos utahs, dos comanches, sioux e kiowas, caíram prisioneiros. A entrada da caverna ficou obstruída com o movimento da terra, com grandes montes de pedras, mas trabalha-se para deixar a entrada livre.

E então, sua voz mudou de tom, e olhando fixamente para o nobre ancião, perguntou-lhe:

— Quando o venerável Tatellah-Satah quer que Pequena Águia voe, para subir à montanha da Tumba dos Reis?

— Hoje mesmo.

— Eu o farei ao meio-dia, quando o sol estiver sobre nossas cabeças. Mas não posso ir só, alguém tem que vir comigo, para que a águia voadora não me escape enquanto eu procuro embaixo das pedras.

Dizendo isto, olhou para Wakon, que também havia se aproximado com vários cavaleiros, dirigindo-se então para ele:

— Voar comigo é uma temeridade que não posso pedir a ninguém. Mas Achta, sua filha, pediu-me que a levasse. Você o permitirá?

— Você a quer como esposa?
— É o que ambos mais gostaríamos.
— Você é o primeiro winnetou e ensinará seu povo a voar. Você será um grande chefe. Permito que minha filha o acompanhe.

Uma exclamação geral soou quando Pequena Águia tornou a manejar os controles de seu pássaro voador e a águia bateu suas asas para voltar para o céu. Subiu mais e mais, dando três voltas sobre nossas cabeças, para enfim tomar a direção do púlpito onde estavam Kiktahan Shonka e os outros chefes. O primeiro a falar foi To-kei-chum:

— Nossos amuletos! Devolva-nos! Aquele que os retiver será um ladrão! — pediu, imperiosamente.

— Sim, são seus amuletos — replicou o jovem apache.

— Mas nós não os roubamos. Mão-de-Ferro não fez mais do que guardá-los, e ele me autorizou a devolvê-los, mas em vista do fato de que vocês não passam de uns covardes, eu os levo outra vez.

Pequena Águia os deixou ali bem vigiados, montou em seu aparato e majestosamente dirigiu-se para sua torre. E então apareceu novamente ao meio-dia exato, levando com ele, sua prometida, Achta.

Todos os corações batiam apressadamente ao ver a ousadia do jovem casal, e todos os olhares centravam-se no pássaro voador. O jovem deu as três voltas ao redor da montanha, para depois pousar junto às ponti-agudas rochas, e devido a grande altura e distância, nós não os podíamos ver.

Passaram-se mais de duas horas, até que ele regressou ao mesmo lugar de onde havia levantado vôo, e então pousou.

— Encontrou? — perguntou Tatellah-Satah.

— Sim. Encontramos a pedra e debaixo dela, dois pratos.

Eram dois pratos de argila, unidos pela borda. Foram rompidos para ver o que continham, e achou-se um pedaço de tecido. Tratava-se de um mapa, no qual havia a indicação de um caminho. Assim que viu isto, Tatellah-Satah exclamou:

— Aqui está! Aqui está! Esta é a chave! Aqui está assinalado o caminho desde a montanha dos Amuletos até a cimo da montanha das Tumbas dos Reis. Vencemos e esta vitória sobre as sombras que escureciam a história da raça vermelha, é de extraordinária importância. Iremos para as Tumbas dos Reis.

Os trabalhos para libertar a todos os sepultados na caverna seguiam a grande velocidade, alternando-se os turnos trabalhadores para afastarem a terra e as pedras que haviam escorrido durante o desabamento da gigantesca estátua de Winnetou.

No entanto, era preciso ainda fazer outra coisa: no púlpito continuavam os prisioneiros, aos quais precisávamos julgar. Naturalmente, Tatellah-Satah e os outros grandes chefes me pediram que assistisse ao julgamento, e eu não me opus a seguir a opinião geral sobre a sentença que ali se ditou.

Capítulo II

A sentença que se ditou foi a seguinte: Simon Bell e Eduardo Summer foram afastados do comitê; William Evening e Antônio Paper foram desterrados para sempre; Kiktahan Shonka, Tusahga Sarich, Tangua e To-keichum, como os mais responsáveis, teriam que morrer no poste dos tormentos, e seus amuletos seriam queimados. Os chefes que estavam sob seu comando seriam fuzilados, e os quatro mil guerreiros sepultados, se conseguissem salvar-se, perderiam as armas, o cavalo e os amuletos, ficando então em liberdade.

Reconheço que esta era uma dura sentença, mas sua severidade não era mais que aparente, pois nenhum dos que falaram comigo particularmente, fora do solene ato do julgamento, desejava sua pronta execução.

Por fim chegou-nos a notícia de que as galerias subterrâneas haviam sido abertas, e que os homens estavam sendo resgatados. Entre estes estava Pida, que pediu para falar comigo. Eu aceitei o seu pedido e ele chegou diante de mim desarmado, e com a angústia estampada em seu rosto.

— Pida é meu prisioneiro, mas sempre foi, do fundo do meu coração, o meu amigo. Não tentará escapar?

— Não — respondeu com orgulho. — Pida dá sua palavra de honra.

— O que Pida tem a me dizer?

— Venho pedir o perdão para o meu pai, o mais velho dos chefes kiowas.

— Isso não depende de mim, Pida.

— Mas Mão-de-Ferro tem grande influência sobre todos os chefes da raça índia, assim como tinha sobre o grande Winnetou, cujas virtudes aumentaram ao tê-lo como amigo. Você mostrou a Winnetou outra forma de pensar, mais elevada, mais pura e mais justa e agora, ainda que ele nos falte, você deve seguir o caminho de seu amigo. Sua religião pede o perdão e eu o peço para todos os sentenciados.

— Você é um excelente advogado, amigo Pida, mas ignoro se Tatellah-Satah e os outros grandes chefes aceitarão seu pedido. Mas você falou bem. Mão-de-Ferro deve continuar sendo o mesmo, sendo aquele que sempre amou e respeitou a raça índia, aquele que deu bons conselhos a Winnetou, mas não sei se será possível que...

— Será sim! — anunciou uma voz firme às minhas costas.

Era o venerável Tatellah-Satah, que depois de olhar para Pida, acrescentou:

— Diga a seu pai Tangua, a Kiktahan Shonka, a Tusahga Sarich e a To-kei-chum, que em honra da memória de Winnetou, nós iremos poupar-lhes suas vidas.

— É verdade o que diz?

— Sim! Porque Winnetou sempre nos rogou que cessasse o derramamento de sangue entre os de sua raça, pregava nossa união e o amor entre nós, porque, sendo um grande chefe, um valoroso guerreiro, odiou a guerra; porque deixou escrito que devemos nos integrar à civilização, e sermos amigos dos brancos. E também, porque este e não outro, deve ser o grande monumento que devemos levantar, todos, em nossos corações, ao grande Winnetou. Dirá a seu pai, no entanto que, para que se cumpra isto, eles não mandarão mais nas tribos. Estão velhos, cansados e seguem costumes antigos que prejudicam a seus povos, lançando-os, cedo ou tarde, novamente pelo caminho da violência e da guerra. Novos chefes kiowas, comanches, siouxs e utahs serão nomeados, capazes de reconhecer os preceitos que Winnetou nos deixou.

Pida vacilou, lutando contra os seus conceitos, até que admitiu:

— Esta é a hora do perdão, e Pida tem que ser absolutamente leal e franco, e reconhecer que esta nova ordem deve impor-se entre os homens de pele acobreada. Nossa raça não pode ficar, voluntariamente, afastada do movimento geral do mundo. As pradarias já não devem servir de campo para fenomenais batalhas, que regam a grama com o sangue dos homens. Pelo contrário, a grande batalha que agora devemos enfrentar é a da paz. Pida reconhece que os velhos como Tangua, meu pai, não serviriam para isto. Sua resolução é justa.

Tenho que dizer que aquele dia pude descansar satisfeito, passando horas agradáveis conversando de tudo aquilo com os meus mais queridos amigos da raça índia, que não desejavam extinguir-se com lutas inúteis entre si ou com os homens brancos.

Cada época, cada circunstância, requer atitudes próprias. Os distantes e em parte heróicos tempos da colonização do Oeste americano haviam sido superados. As lutas internas entre as tribos, tampouco correspondiam aos costumes que iam se impondo.

Tudo aquilo havia passado e já não tinha razão de ser. O melhor era que chefes como Pida, admitiam e reconheciam isso. A realidade palpável impunha-se por fim diante de seus olhos.

Eles deviam levar a raça índia por outros caminhos.

Mas se aquilo era possível, se um dia se levasse realmente a cabo, a grande vitória se deveria a Winnetou, que havia deixado um magnífico legado como testamento naqueles manuscritos, cuja leitura não tardaria a fazer-se geral.

E este sim, era um monumento digno de meu grande amigo Winnetou!

Reinar em todos os corações, é o melhor trono que um homem possa desejar.

* * *

Termino esta narração na Páscoa do ano de 1910 na Alemanha, e Clara me traz um jornal alemão de 23 de março deste mesmo ano, o qual traz uma notícia procedente de Nova Iorque, com o título "Um Monumento aos Índios".

Diz assim:

"Chega-nos de Nova Iorque, a notícia de que em algum lugar da América vai-se levantar um grande monumento, destinado a manter vivo nas gerações vindouras a recordação da nobre raça índia. O projeto é do senhor Mão-Certeira, e encontrou a mais calorosa acolhida em todo o país, graças a sua intensa campanha neste sentido. O presidente Taft aceitou a idéia encantado. O monumento consistirá em uma gigantesca figura, que simbolizará o reconhecimento do povo americano, do caráter nobre dos primitivos moradores daquelas terras, assim como a confissão de todas as injustiças cometidas em outros tempos com a raça vermelha. O índio terá as mãos estendidas, no mesmo gesto de boas-vindas com que recebeu os primeiros brancos que pisaram nas costas da América."

— Não é maravilhoso?

— Sim, realmente é.

E eu termino pensando que, levando-se ou não a cabo este projeto, o certo, o realmente certo, é que a raça índia bem o merece...

Este livro A CASA DA MORTE de Karl
May é o volume número 10 da "Coleção
Karl May" tradução de Carolina Andrade.
Impresso na Editora Gráfica Líthera
Maciel Ltda, à Rua Simão Antônio, 1.070
- Contagem, para Villa Rica Editoras Reunidas Ltda, à Rua São Geraldo, 53 - Belo
Horizonte. No catálogo geral leva o número 2103/3B.